圖說江戶娛樂小說的世界

図説　江戸のエンタメ　小説本の世界

深光富士男

章蓓蕾——譯

目次

江戶中期以後的大衆小說，「文字＋插畫組合」是基本形式

現在專供成人閱讀的單行本小說，內容只有作家撰寫的文字，並沒有配合文字的插畫，所以現代小說所具備的視覺要素只有一項，就是裝幀設計。

但是江戶中期之後出版的大眾小說，大多數都是「插畫小說」。這些小說雖是以成人為對象，書中卻穿插了許多插畫，「文字＋插畫組合」可說是當時那些出版品的基本型態。

在這本書裡，我打算從當時小說中不可或缺的插畫裡挑選一些優秀作品，向各位介紹「江戶時代插畫娛樂小說」的傑作。不過，就算只根據插畫的優劣進行挑選，江戶時代出版的小說數量實在非常驚人。我開始編寫本書之前，曾把這個範圍的出版品全部瀏覽了一遍，選擇條件則著重於書中插畫是否有水準？是否具有震撼力？從中選出適當的類別與作品來說明，但是進行這一連串作業到了最後，我只能知難而退。因為我發現面前堆滿的各種刻本小說已經構成一片書海。

江戶時代的小說不僅數量龐大，其中還有很多長篇、超長篇。每部作品光是翻閱書頁，就需耗費極多的時間，甚至還有長達千頁的作品。蒐集資料的過程中，我每天都忍不住抱著腦袋嘆息：沒想到我竟闖進了一片禁區！但是為了找出更多富有魅力的作品，我還是不顧一切地跳進浩瀚的書海，整天從早到晚拚命閱讀這些刻本小說。

或許是皇天不負苦心人吧（希望是這樣），最後我總算把這些小說分成四大類，也可以說是構成江戶小說的四大支柱吧。按照出現的先後順序，這四類小說分別是：讀本、黃表紙、合卷、人情本，下面就讓我把本書每一章的內容，以及全書的結構向各位介紹一下。

●讀本

所謂「讀本」，是指以文字為主的「以閱讀為目的的書籍」，書中插畫通常採用跨頁的形式安插在本文之間。

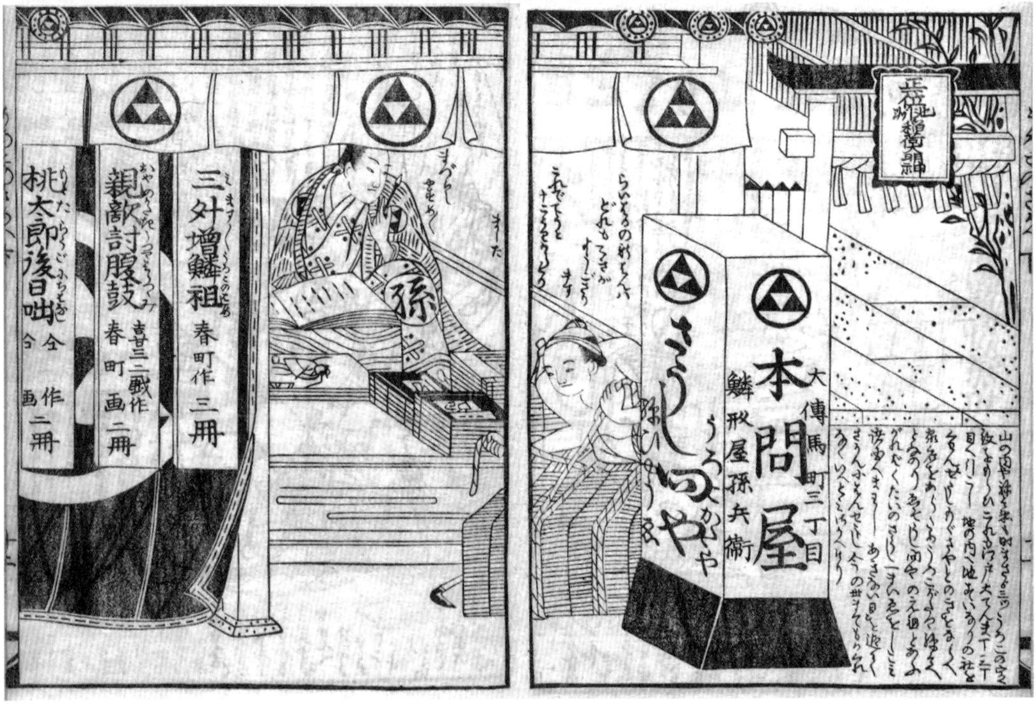

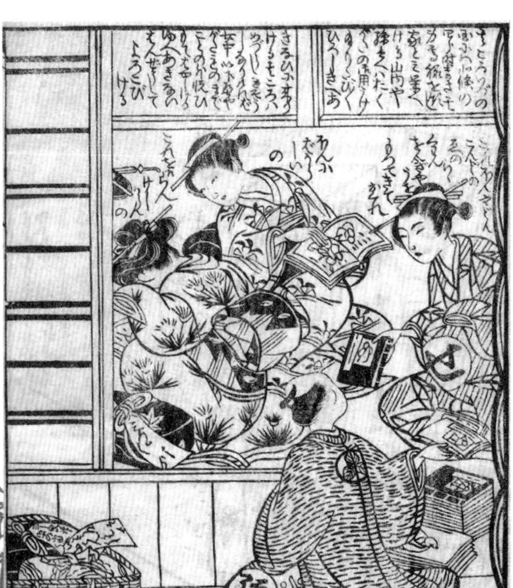

一七七七年（安永六年）出版的黃表紙《三升增鱗祖》的插畫。這部作品的文字和插畫都出自武士戀川春町之手。上面的跨頁插畫是「鱗形屋孫兵衛」的店門口。這家批發「地本」的老店也是發行《三升增鱗祖》的出版社。所謂「地本」是指「在江戶出版的書籍」。這部別具特色的著作同時還肩負著為出版社打廣告的任務，內容以孫兵衛在江戶成功開業的故事為主線。右邊的插圖則是孫兵衛被有錢有勢的高官叫到府上賣書的，畫中的夫人與侍女們一面閒聊一面開心地拿起那些書籍。

一般認為，最早的讀本是一七四九年（寬延二年）在上方（指京都大阪地區）出版的《英草紙》。這部著作是大阪的知識分子都賀庭鐘創作的一本內容濃密的短篇作品集。所以我認為在本書列出的書單裡，這本書絕不可少。另外還有上田秋成的《雨月物語》，也是一部偉大的傑作，上述兩本作品的插畫都很不錯。

當時在上方出版的這類作品，被稱為「前期讀本」，內容重「雅」輕「俗」。讀者從這類讀物中可以欣賞到文字精練的故事。另一方面，或許因為文字優美，所以前期讀本的插畫裡似乎瀰漫著一種高雅的氛圍。若在第一章就介紹前期讀本的插畫，我認為不太合適，因為過於高雅的品味會使娛樂性大為降低。

繼前期讀本之後，後期讀本開始在江戶出版並盛極一時。這類讀物突然加強了娛樂的比重，「俗」的比例猛然大增，內容更貼近大眾的品味。同時，典雅的短篇故事不見了，取而代之的是以長篇小說為主的作品，故事內容有血有肉，結構十分複雜。等到曲亭馬琴出現後，這個分野被他帶往更高的層次，最後終於迎來了黃金時代。

後期讀本可說是撼動人心的插畫寶庫。這類作品充分利用了「文字＋插畫」的優點，進而產生了「引人進入非日常的劇畫娛樂小說」。這個時期的小說插畫突然出現很多著名浮世繪師的精心傑作。（**劇畫是一種漫畫。繪畫風格比主流漫畫更寫實、符號化程度較低。**）

舉例來說，馬琴的《椿說弓張月》和《南總里見八犬傳》，就是徹底發揮文字和插畫的功能，使讀者為之熱中傾倒的作品。可能有些讀者看到這裡，忍不住笑著說：「哎唷，你說的這兩部作品不是馬琴的代表作嗎？」而事實上，當時能把兩部作品的刻本從頭到尾全部讀完的讀者，可能並不多。

上述兩部作品都擁有重量級的閱讀價值。做事嚴謹的馬琴總是親手畫好草圖，交給負責繪製插畫的繪師，同時還在草圖上寫下詳細的指示。他繪製草圖的筆法雖然粗糙，卻顯示了作家對作品的用心。另一方面，馬琴在故事裡事先布下的複雜伏線，也從來不肯隨意應付過去，總是執著地給那些伏筆一一畫上句號。所以上述兩部作品可說是完全展現了「文字＋插畫」的完美形態。

因此，在本書開篇的第一章，我打算單獨介紹《椿說弓張月》一部作品。其後的第二章，也只介紹《南總里見八犬傳》。因為我希望在完全不受頁數限制的狀況下，竭盡所能地向各位解說這兩部作品和插畫的魅力。

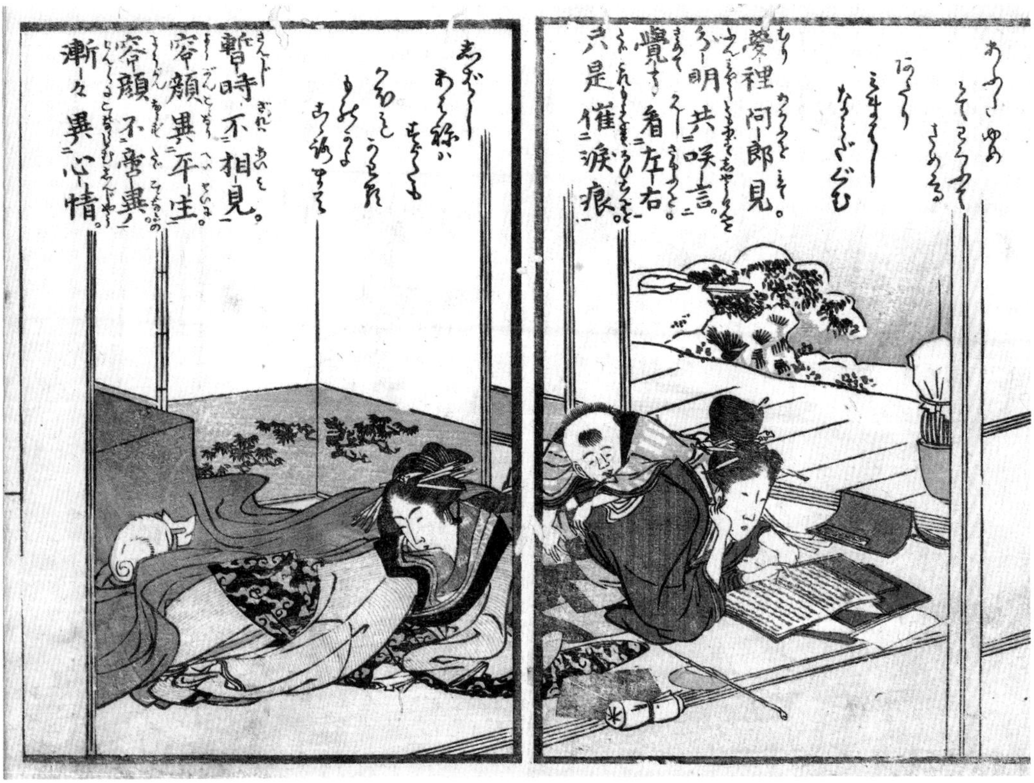

但由於兩部作品都是長篇故事，書中的插畫數目非常多，究竟選擇哪些圖片刊登在本書裡，卻讓我傷透了腦筋。尤其是葛飾北齋親筆繪製的《椿說弓張月》插畫，每一張都蘊含著驚人的震懾力，每次欣賞都令我為之折服。

其實按照我最初的想法，是想盡量少用個人特色強烈的北齋插畫，但我覺得那些圖片並不贊同我的想法。「北齋真的太厲害了！」我不禁暗自嘆服。插畫不是小說的附屬品，我們可不能小看它們。北齋的插畫在精神和技術兩方面永遠處於巔峰，總是遙遙領先其他繪師。所以在本書中裡，幾經挑選之後，我選了四部附有北齋插畫的讀本。

這是狂歌繪本《潮來絕句集(風雅體)》的一幅插畫，繪師是葛飾北齋。狂歌是以滑稽諷刺等通俗表現為主的短歌。插畫採用「多色摺」印刷，也就是後來發展為錦繪的彩色印刷。這部小說於一八〇二年(享和二年)出版，作者是富士唐麻呂。畫中是冬季的景象，庭院裡積著厚雪，披著厚外套的女人躲在暖桌裡享受閱讀的樂趣，身邊不遠處有本攤開的書，倒扣在地上。旁邊的女人也輕鬆悠閒地趴著讀書，她的背上還有個天真的幼兒正在玩耍。

本書第三章的內容是關於讀本的歷史，我從前期讀本和後期讀本裡面各選了四部，按照完成的時間依序向讀者說明。

黃表紙

「黃表紙」與下面即將介紹的「合卷」，都被歸類為「草雙紙」（請參照一二六—一二七頁）。有關黃表紙的詳細內容，我將在第五章〈江戶時代的插畫小說變遷史〉裡向各位解說。

草雙紙是從兒童讀物的「赤本」演變而來，書中的文字都寫在跨頁插畫的空白處。這種寫給成人閱讀的草雙紙，叫做「黃表紙」。不過與其說它是小說，其實更接近漫畫類讀物。

第一部黃表紙作品叫做《金金先生榮花夢》，於一七七五年（安永四年）在江戶出版，書中的圖文都是由武士戀川春町一人包辦。對於如此重要的作品，本書當然不能把它遺漏。

早期的黃表紙可說是一種「知性諷刺漫畫」，作者以文字暗喻世俗的「挖苦」筆法受到讀者歡迎。另一方面，由於當時主政的幕府家臣田沼意次（第九代將軍德川家重與第十代將軍家治時負責主導幕府政局）對文化活動採取開放的態度，黃表紙才得以廣為流傳。田沼時代結束後，松平定信提出的寬政改革掀起了驚濤駭浪，黃表紙立刻變成了打壓目標，武士作家受到彈壓，無法繼續創作這類作品。換句話說，當時的政局和永遠追隨時髦的輿情，毫不留情的改變了當時的文學潮流。

不久，聰明多謀的町人作家山東京傳在黃表紙的世界現身，他改變了黃表紙以往的寫法，把寫作內容轉向「娛樂勸世漫畫」。

為了讓讀者如實感受這種變遷過程，我將在第五章列舉包括《金金先生榮花夢》在內的五部作品，一一介紹這些作品的風格。黃表紙的每一張插畫都散發著愉悅開朗的氣息，但文章的字裡行間卻蘊含各種深意，這種專門寫給成人閱讀的故事，讀起來真是令人回味無窮。尤其是早期的黃表紙作品，內容飽含尖酸挖苦的諷刺色彩，既充滿知性，又使人無法不發出笑聲，實在值得一讀。

合卷

繼黃表紙之後開始流行的草雙紙叫做「合卷」。當時由於長篇讀本受到讀者的喜愛，所以黃表紙也朝向長篇化發展，每部作品的卷數也隨之增加。不久，出版社根據銷售策略想出折衷的辦法：把幾卷合訂為一卷出售，於是就有了「合卷」的誕生。

這種「合訂為一卷」的構想，即是「合卷」這個名稱的由來。其實「合卷」就像是「不分格連環漫畫式娛樂小說」。如果小說賣得好，變成暢銷作品的話，就可以繼續出版續集，不論出版多少卷都沒問題。這就是出版社想出合卷這個點子的出發點。跟今天漫畫界的銷售策略是一樣的。也因此，現在連環漫畫的卷數總是在不斷增加。「合卷」由於具備娛樂小說的功能，所以當時跟長篇讀本一樣廣受讀者歡迎，我將在本書第四章詳細介紹。合卷的長篇暢銷作《偐紫田舍源氏》曾在發表後風靡一時，當然絕對不能遺漏。這部傑作由柳亭種彥執筆，插畫則由歌川國貞負責，兩位大師配合得天衣無縫，就連讀者也能感受他們之間的默契。這部根據《源氏物語》創作的故事，內容是擁有偶像人氣的足利光氏跟眾美女之間的愛情故事，我打算花十二頁的篇幅介紹這部作品。關於合卷的介紹，除了《偐紫田舍源氏》之外，我還選了另外兩部著作。

人情本

「合卷」之後，娛樂讀物一下子進入以文字為主的「人情本時代」。簡單地說，「人情本」就是「俊男跟眾多美女談情說愛的日常寫實戀愛小說」，人情本因而獲得許多女性讀者的喜愛。

一八三二年（天保三年），《春色梅兒譽美》第一編與第二編出版後，立即受到廣大讀者的好評。在本書第五章最後的部分，我將向各位介紹男主角丹次郎的英俊多情，用來作為本書的完結。

《春色梅兒譽美》的作者為永春水因為這部作品而成為人情本最有名的作家，後來又連續寫了許多作品，他也因此躋身暢銷作家之列。但是後來幕府進行天保改革時，他不但受到打壓，還因憂憤交加而病故。除了春水之外，天保改革中受到牽連的作家多得不計其數。我會在本書向各位介紹當時的恐怖氣氛。值得一提的是，馬琴始終採取小心謹慎的態度，每當好友遭到打壓後，他都審慎地分析朋友的案例，盡量不觸碰幕府的紅線，所以馬琴終其一生都不曾因寫作而遭殃。

第一章 讀本《椿說弓張月》解讀

《椿說弓張月》跟《南總里見八犬傳》並稱為曲亭馬琴最具代表性的讀本。
故事的主角是以能拉硬弓著稱的勇男鎮西八郎源為朝。
傳說中的為朝在保元之亂中被敵人打敗，
流放到伊豆大島之後自殺身亡，
馬琴根據這段史實，加入虛構的情節，
讓為朝渡海前往琉球，把他塑造成英雄，
並把故事構築成一部偉大的漂流冒險長篇巨著。
令人憎惡的壞人、毫無心機的好人、
類型不同的眾多美女、聰明的俊男、
大蛇、猛獸、鬼魂……不斷出現在故事裡，
懲惡勸善的情節以快速的節奏展現在讀者面前。

讀本的內容並非只有文字。
每隔數頁插入的寬幅跨頁插畫
不僅展現浮世繪師的技藝，也是讀本的「另一根支柱」。
葛飾北齋跟馬琴在這部作品組成超強品牌的合作夥伴，
書中所有的插畫都用濃黑的墨線描繪，
令人不禁聯想到現代漫畫的起源。

這是人物介紹頁上的源為朝畫像。為朝被流放到伊豆大島之後，很快就平定了島上的叛亂，接著，他便前往附近各個小島視察。為朝登上了男島，當地的島民起鬨請他表演拉硬弓的拿手絕技，純真無邪的為朝在眾人要求下，表現出勇猛溫柔的一面。

馬琴預設一波三折的情節後再一一收回伏線，真可謂絕妙無比。北齋插畫亦為極品

《椿說弓張月》

曲亭馬琴・著　葛飾北齋・畫

草雙紙的文字都寫在插畫的空白處，而讀本則跟草雙紙不同，是以文字為主體的小說。但是讀本裡面也有插畫，每隔數頁就有一幅大型跨頁插畫（基本上都是寬幅的跨頁插畫），所以欣賞這種由浮世繪師描繪的劇情圖片，則是讀本提供讀者的另一種樂趣。

《椿說弓張月》是曲亭馬琴發表《南總里見八犬傳》之前創作的讀本，全書共分前編、後編、續編、拾遺、殘編等五編，共二十九冊，從一八〇七年（文化四年）至一八一一年（文化八年）陸續出版問世。小說上市後，由於受到讀者廣泛的好評，馬琴心裡覺得非常得意，便繼續書寫續集，沒想到最後竟寫成一部超出最初計畫的長篇巨著。不過，這部小說的篇幅雖然增長了，內容卻沒有任何破綻，堪稱是一部完成度極高的作品。馬琴是以博學著稱的作家，他最喜歡書寫具有文學性的讀本。後來回憶往事時，馬琴也自認《椿說弓張月》是一部成功的作品。

故事的主角是平安末期的武將源為朝，他是源為義的第八個兒子。源為義的長子也就是義朝（源賴朝和源義經的父親）。為朝自幼擅長射箭，後來漸漸長成一名性格豪放的勇猛男子。但是在十三歲那年，他因為惹怒了父親為義，被父親從京都放逐到九州。為朝在九州各地建立自己的勢力，自稱「鎮西八郎」。後來更因為違反朝廷的命令，害得父親為義被朝廷削去「檢非違使」的官銜。

不久，為朝起兵向京都出發。一一五六年（保元元年）的保元之亂中，他跟崇德上皇的父親率領的軍隊並肩奮戰，但最後卻不幸被對手打敗。而他的哥哥義朝和平清盛支持的後白河天皇的軍隊卻獲得勝利。為朝的父親為義被處以極刑，崇德上皇被流放到讚岐國，

為朝在琉球砍下宿敵曚雲的腦袋。這個鏡頭算是這個英雄故事裡的高潮場景。然而，為朝後來卻沒有當上琉球國王。究竟是誰當上了國王呢？為朝最後選擇的決斷是什麼呢？……故事的結局充滿斬除巨惡的痛快與哀愁的餘韻。

為朝則被流放到伊豆大島。他在伊豆七島雖然建起了自己的勢力，但卻遭到工藤茂光的追討，最後在年輕力壯的三十二歲那年自殺身亡。這段充滿遺憾與無奈的故事至今仍然被大眾當成史實傳誦。

不過，另一個英雄傳說也同時在民間流傳。這段傳說裡的主角為朝並沒有自殺，而是遠渡琉球後在當地重建勢力。

說到傳說，大家都知道義朝的兒子義經也有很多傳說。義經跟為朝一樣，因被藤原泰衡征討，同樣也在三十二歲那年自殺身亡。但傳說中的義經卻仍然活著，而且化身成為蒙古帝國創建者成吉思汗，把蒙古建成強大的國家。直到今天，這段壯麗的傳說仍在民間流傳。

這類充滿冒險精神的英雄傳說背後，其實隱藏著民眾的期待，因為大家都希望早逝的悲劇武將並沒有送命，而是活著完成大業。

所以，曲亭馬琴看中源為朝的故事，決定在自己的作品裡幫大眾完成心願。他讓京都出生的為朝遠渡九州、伊豆七島、琉球，並將史實與虛構交織融合，構築成一部波瀾萬丈的貴族流離奇談。

馬琴利用地獄、魔術等鏡花水月般的魔幻描寫，大膽地鋪陳「歷史的假設」，他在寫作這部規模宏偉的長篇小說時，曾經參考中國的《水滸後傳》的結構。《水滸後傳》裡的眾位豪傑後來遠渡他鄉，平定了異國的內亂後分別自立為王。

為朝在旅途上陸續遇到各種角色：惡魔、大蛇、猛獸、鬼魂、好人、美女、美少年等。這部作品雖是善惡分明的懲惡勸善讀物，但因為馬琴巧妙地安排了連續的波折劇情，所以讀者讀起來並不覺得枯燥。更值得一提的是，馬琴事先埋下了環環緊扣的伏筆，再以五七調文體（以五音節與七音節的詩句接續而成的文體）完美實現前後呼應，最後才順序收回伏線。

書中的插畫水準也相當優異。葛飾北齋的筆下工夫十分精湛，他把故事裡的關鍵場景變成了出色的形象呈現在讀者眼前。

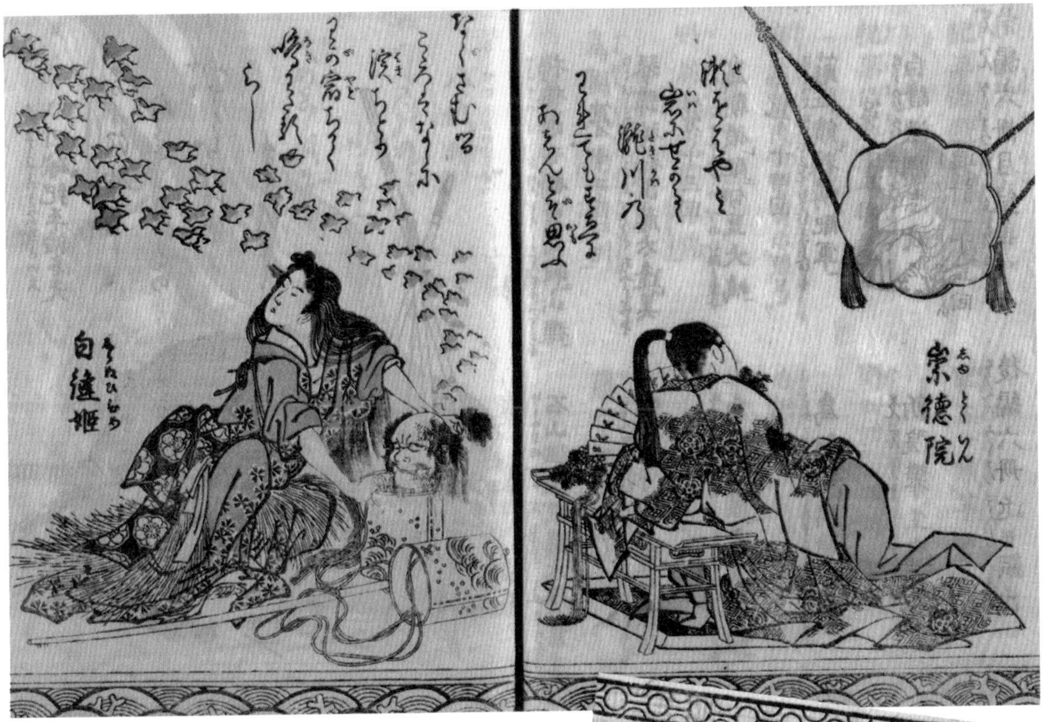

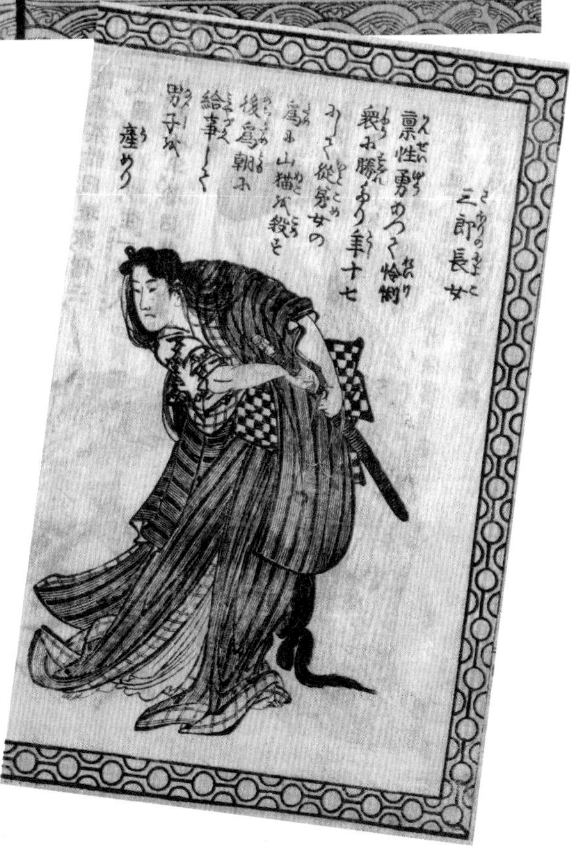

凸顯角色

人物介紹頁

「讀本」分為「前期讀本」與「後期讀本」兩類。前期讀本當中有許多傑作都是短篇小說集，後期讀本則以長篇小說為主流（本書第三章將向各位介紹讀本的變遷與傑作選集）。本章介紹的《椿說弓張月》就是後期讀本的長篇小說。

長篇小說的內容比較複雜，出場人物眾多，為了避免讀者感到混亂，通俗小說家山東京傳想出了一個辦法：在扉頁（卷頭畫）裡先把小說中出場的人物向讀者介紹一遍。這個構想首次付諸試行，是在《忠臣水滸傳》（請參照本書八十三頁）。

除了人物介紹頁之外，山東京傳還在讀本的型態上做了一些微妙的變動。這些改變後來都被其他作家和出版界沿用，變成了讀本的固定型態。由於讀本的主流型態是從《忠臣水滸傳》發生變革，所以這部作品之後出版的讀本，都被稱為「後期讀本」。

馬琴對京傳這部作品非常讚賞，之後，他也在自己的作品裡加入出場人物介紹頁。負責插畫的北齋把每個角色都畫得極富魅力，每幅卷頭畫都可當作一幅畫作單獨欣賞。我們可以看出，畫中的每根線條都是繪師耗費心血的結果，而且每幅插畫還用多采多姿的框邊圍繞起來。

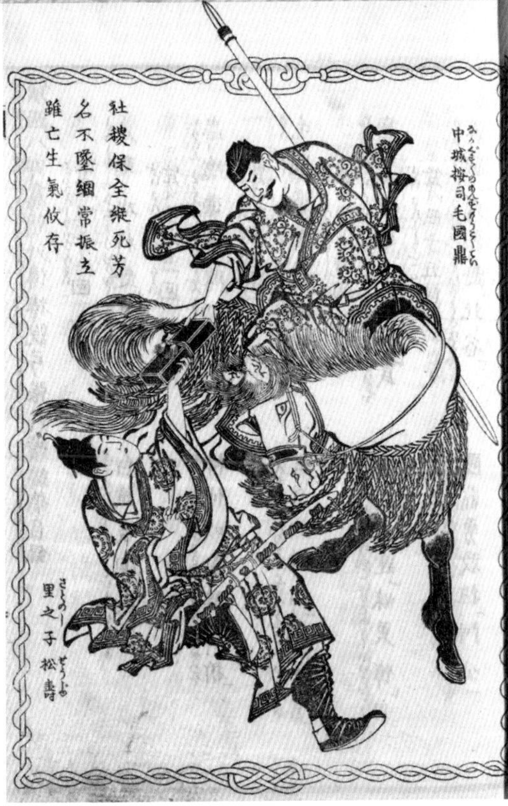

中城按司毛國鼎
社稷保全継死芳
名不墜綱常振立
雖亡生氣攸存
里之子松壽

王妃中婦君
人心生一念天地
悉知善悪若無
報乾坤必有私

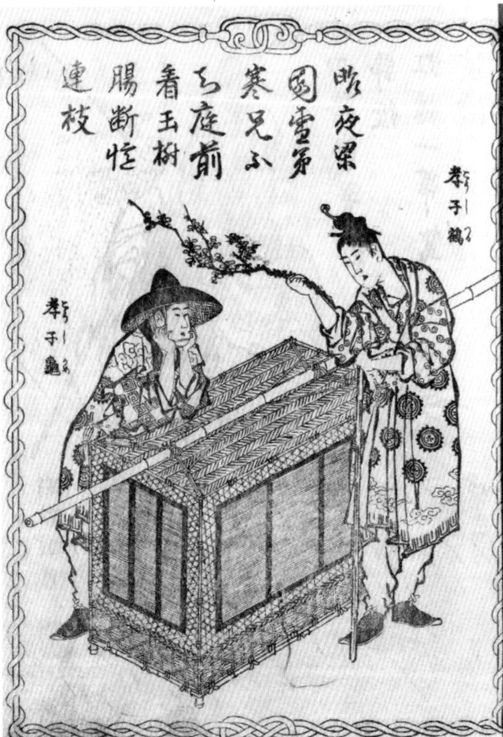

昨夜梁
園雪弟
寒兄不
知庭前
看玉樹
腸斷憐
連枝
孝子鶴
孝子龜

海上幡龍
重結子
月中丹桂
又生枝
舜天王源尊敦

木綿山，雷公劈重季

為朝跟他的隨從須藤重季，帶著一隻叫做山雄的狼，一起進入木綿山的深山裡。突然，山雄開始大吼大叫，重季以為山雄恢復了野性，立刻砍下山雄的腦袋，誰知那顆滴著鮮血的腦袋繼續向前飛去，瞬間咬住一條蟒蛇的喉嚨。原來牠是察覺到情況危急，才發出那陣吼叫。為朝跟重季都覺得非常愧疚，就在這時，天空裡突然烏雲湧現，雷電大作，重季正要從蟒蛇體內取出明珠，不料雷公竟直接向他劈出一道電光。為朝見狀，趕緊舉箭向雷公射去。一連串的變化令人目不暇給。重季遭到雷劈的同時，為朝舉箭射中了化身野獸的雷公。北齋只用一個畫面就表現出這兩個鏡頭。

老猴熄燈殺若葉

白縫公主(右上)養了一隻猴子，十分寵愛牠。日子一天一天過去，猴子日漸成長，一天，牠突然發情，緊抱著白縫的侍女若葉不放。白縫見狀大吃一驚，抽出長刀砍向猴子，不料猴子居然逃走了。當天晚上，若葉在白縫寢室的鄰室睡覺，猴子偷偷闖了進去。「哎呀……」白縫聽到一聲慘叫，趕緊舉著蠟燭趕去，只見若葉的喉頭已被咬破。北齋用畫筆記錄了若葉被害後的這個瞬間。猴子的臉上露出驚慌的表情，好像在說：「啊！被人發現了？」畫面裡充滿情慾的氣氛與極度的緊張感。尤其是猴子的表情，更給人留下深刻的印象。這時，片片櫻花的花瓣從窗外飄來，營造出與悲劇無關的無常感，令人深感嘆息。猴子引起的這個事件，後來把為朝也牽扯進來。

欣賞馬琴的構思布局

風雅的婚夜賀禮

上頁提到的猴子，後來逃進一座叫做「文殊院」的古寺，爬到佛塔頂端的寶珠上面躲了起來。白縫的父親阿曾三郎平忠國聽說這件事之後，十分震怒，命令家臣寫了一張告示貼在門柱上。告示上寫道：「願把女兒白縫許配給射下猴子的人。」為朝從寺門前面經過時，剛好看到告示，便主動拜見忠國說：「我能把猴子射下來。」

洞房夜，群芳舉花戰為朝

白縫

然而，寺裡的住持卻認為，為朝向佛塔放箭是殺生的行為，所以禁止為朝射箭。為朝無奈之下，只好利用自己口袋裡的白鶴，讓牠去把猴子趕走。事情解決之後，忠國對為朝非常滿意，決定把女兒白縫嫁給他。

這一頁介紹的插畫，就是為朝和白縫在婚禮後進行祝賀儀式的情景。

手持蠟燭的老婦在前面帶路，領著為朝走向白縫的臥室（寢室）。到了走廊深處，老婦回頭向為朝說：「這裡就是公主的臥室。」

為朝拉開紙門踏進屋中，沒想到屋裡有兩名侍女，手中各自拿著一根櫻花樹枝。「嘿！」兩人齊聲高喊起來，把手裡的樹枝揮向為朝，為朝立刻用扇子撥開侍女手中的櫻枝，繼續向前走，誰知屋裡還有十幾名侍女，這時一起跑出來喊道：「三國（江戶時代的「三國」指日本、唐土、天竺，即「全世界」）最棒的乘龍快婿，給您道喜啦。」為朝一面向那群侍女衝去，一面把眾人手中的櫻枝全都打落地面。霎時間，櫻花的花瓣在空中飛舞，侍女頭上的簪子閃耀光輝。北齋用畫筆把這個瞬間畫了下來。畫面裡還可以看到，白縫滿懷好奇地躲在一旁偷窺為朝的反應。

馬琴為了表現白縫的心境，特地在傳說裡加進這段洞房夜的鬧劇，藉此試探為朝的智慧與勇氣。

「哎呀，妳們在胡鬧什麼？」為朝忍不住說道。

侍女們連忙聚集在他面前，一齊趴在地上謝罪。這時，白縫也從暗處走出來向為朝道歉。為朝臉上露出笑容。侍女們這才起身肅立一旁，白縫便拉著為朝一起走進臥室。

錦繪

上述這幅華麗的場景令人聯想到歌舞伎的舞台。錦繪的作品中也有相同題材的作品。這幅三張一套的套畫，由歌川國芳繪製。國芳似乎非常欣賞馬琴這部長篇著作，或許也因為他想挑戰北齋的插畫，所以特地挑選故事裡的著名場景，重新以他獨特的表現方式畫出這幅套畫作品。（本書三十五頁的錦繪也是國芳的作品）

新院含憤而逝，靈魂奔赴魔界

「新院」指崇德上皇。本書十五頁右上的扉頁插畫裡，他也被稱為「崇德院」，圖中的上皇只能看到背影，正面鏡中映出的身影則跟這一頁的插畫有關（鏡中的身影採用淡墨效果）。崇德上皇發動保元之亂失敗後，被流放到讚岐國。為朝則因為加入崇德天皇的隊伍，所以嚐到失敗的苦果。馬琴的作品以這段史實為根據，又加入了大量的想像。小說裡的崇德上皇始終無法消除心中的怨恨，所以去世之後，他的靈魂飄向魔界，變成了魔王。插畫裡的滾滾黑雲，正是北齋最擅用的筆法，魔王的髮絲隨風飛揚，腦袋甚至從插畫上方的框邊裡冒了出來。北齋自在又靈活地操縱筆鋒，那種魄力不禁令人聯想到現代動漫的原點。

赴大島，梁田時員送密信

田時員

海神妒英雄，節婦義士溺水亡

為朝在保元之亂中戰敗，還來不及逃跑，就被敵軍抓了起來。後來他雖然免除了死罪，卻被流放到伊豆大島，交給地方長官三郎太夫忠重看管。忠重的為人懦弱又刻薄，他聽說為朝是個性格剛強的男子，就在人煙稀少的偏遠地區找了一間民宅，把為朝關在裡面。忠重每天只給為朝一碗糧食，存心讓他受苦挨餓。好在忠重有個性格溫柔的女兒叫做簓江，她給為朝提供了各種援助。漸漸地，島上居民開始對為朝生出信服之情，而忠重卻只知一味壓榨百姓，所以沒過多久，為朝就帶領民眾攻進了忠重的宅第，命令忠重臣服。從此，為朝變成了伊豆大島的地方官，就連附近其他小島的島民也享有為朝的良政帶來的好處。簓江跟為朝共生了三個孩子。長子在九歲那年舉行了元服禮（冠禮），這一年的四月，為朝的家臣鬼夜叉（前頁圖左上）抓到一個行動詭異的男人（前頁圖左下），原來是足利義康的家臣梁田時員。他奉主公的命令，來向為朝報告重要的情報。插畫裡的為朝（前頁圖中）正在閱讀義康的書信（密信），信中向他透露，討伐為朝的大軍正在趕赴大島的路上。簓江（前頁圖右上的女人）在一旁露出不安的表情。果然如義康通報，討伐為朝的大軍蜂擁而來。為朝在戰亂中失去了簓江、長子為賴和家臣鬼夜叉。意志消沉的為朝前往崇德上皇的陵寢（白峰陵）祭拜，打算在墓前切腹自殺。就在他恍惚彷彿陷入夢境時，他看到崇德上皇和父親為義出現在面前。兩人

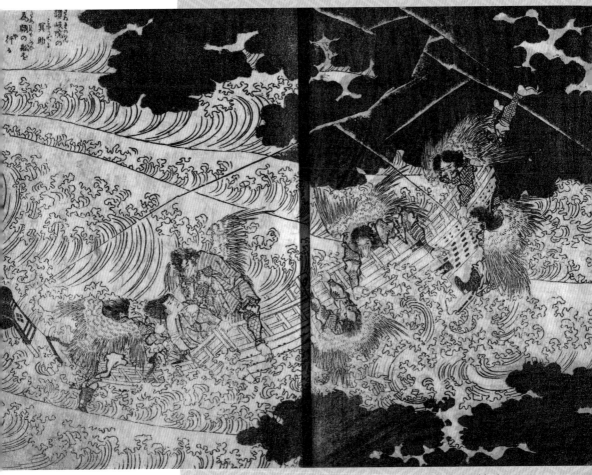

讚岐院暗中庇佑，為朝搭船向前行

怒海狂濤中，「萬事俱休矣……」

都告訴他：「你不能這樣死掉，你必須去肥後國。」為朝只好按照吩咐，前往肥後國。抵達後，為朝跟失散多年的白縫和家臣紀平治戲劇性地重逢了。從此，為朝以打倒平清盛為目標，一直潛伏在肥後國。白縫後來為他生下一個男孩，取名舜天丸，由紀平治負責撫養。不久，實行計畫的日子到了，他從水俣港坐船到京都去討伐清盛。接下來的續編第三十一回和第三十二回裡，故事的舞台移向大海，讀者的面前呈現一片驚濤駭浪的場景。

為朝與隨從總共三十多人，分別搭乘兩艘大船。為朝和白縫帶著幾名隨從搭乘其中一艘，另一艘船上則由舜天丸領隊，帶領紀平治、高間太郎與磯荻夫妻，以及其他隨從。

高間與磯萩，自盡於海上

然而，原本應該往東航行的兩艘船卻被海流沖向南方，更不巧的是，天象也預示暴風雨即將來臨，但他們周圍的海域卻沒有任何港口。就在這時，一條巨龍出現在海上，海面猛然掀起萬丈巨浪，天空中頓時布滿烏雲。緊接著，傾盆大雨從天而降，兩艘大船在洶湧的波濤中忽上忽下不斷翻騰（三十頁插畫）。「讓我去當大海的祭品吧。」白縫高聲呼喊著，她揮開了企圖阻止她的為朝，縱身一跳，消失在洶湧的海濤中。其他的家臣也接二連三地跟著跳進大海。但是風雨絲毫並沒有停止的跡象，船身像顆被人踢中的足球，從海面高高躍起。為朝認為萬事俱休，決定切腹自殺。

忽然，海上飛來一群外型怪異的烏天狗。這群擁有烏鴉般的尖嘴，和漆黑羽翼的天狗合力拉直傾斜的船身，並齊聲向為朝喊道：「我等都是接受崇德上皇的神諭而來。」為朝聽了露出茫然的表情。（三十一頁插畫）

第三十一回結束前，馬琴寫道：「欲知為朝的安危如何，請看下回分解。」上方則是第三十二回的插畫。我將在本書第三十四頁介紹這幅插圖的故事內容。

鯊魚來搭救，紀平治緊抱舜天丸

千鈞一髮！鯊魚救起為朝之子

舜天丸、紀平治、高間太郎和磯萩夫婦等人搭乘的另一艘大船的遭遇如何呢？

高間太郎和磯萩夫婦看到船身已被巨浪打得四分五裂，兩人想不出對策，只好一起攜手躍進洶湧的海濤裡。但他們萬萬沒有想到，兩人都被大浪推到一塊礁石上。他們左等右等，等了半天，也沒等到救助的船隻，太郎只好抽刀刺進磯萩的胸膛，然後自己也立刻切腹自盡（三十二頁插畫）。這對夫婦最後葬身在血染紅蓮般的浪濤裡。

另一方面，紀平治眼看船身受損的情況越來越嚴重，便拉著舜天丸跳進海裡。他左手抓著一塊木板維持身體的浮力，右手攬住舜天丸的身子，同時拚命向前划，然而，這種姿勢很難持久，不一會兒，紀平治的力氣用盡了，當他正要沉下海底的瞬間，突然看到前方出現一個光點。那是一條巨鯊的眼睛！這時的紀平治根本不是這條怪魚的對手。他看到鯊魚張開大嘴，乘風破浪向自己游來。就在千鈞一髮的緊要關頭，紀平治彷彿看到高間夫婦的鬼火飛進了鯊魚嘴裡。鯊魚霎時閉上了大嘴，並讓舜天丸和紀平治騎在自己的背上（三十三頁插畫）。紀平治看出兇惡的鯊魚已被高間夫婦的忠魂掌控，所以才游過來拯救幼主，他不禁流下感動的眼淚。

這個場景曾在歌川國芳的錦繪（左）裡出現，三島由紀夫還把這個場景編寫成歌舞伎劇本。更值得一提的是，三島不但寫了劇本，還親自上台演出。劇本中這一幕的名稱是「薩南海上之場」，場景布置採用了大量機關道具，構成豪華壯觀的舞台。三島參加這齣歌舞伎的首演地點是在「國立劇場」，時間則在他自殺的前一年。

2

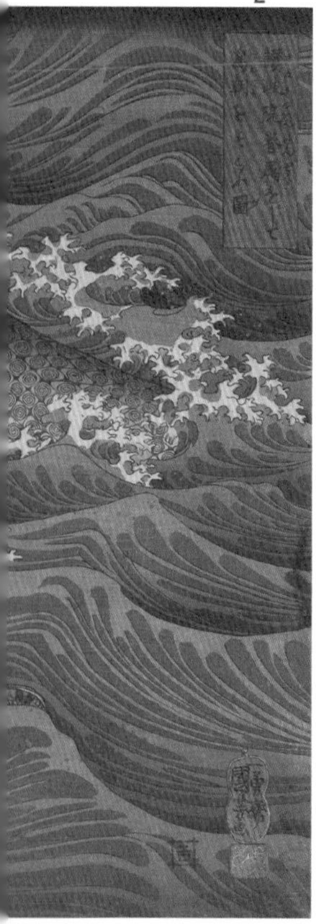

錦繪

歌川國芳把這個場景畫成了三張一套的錦繪套畫「讚岐院拯救眷屬為朝圖」

1　3

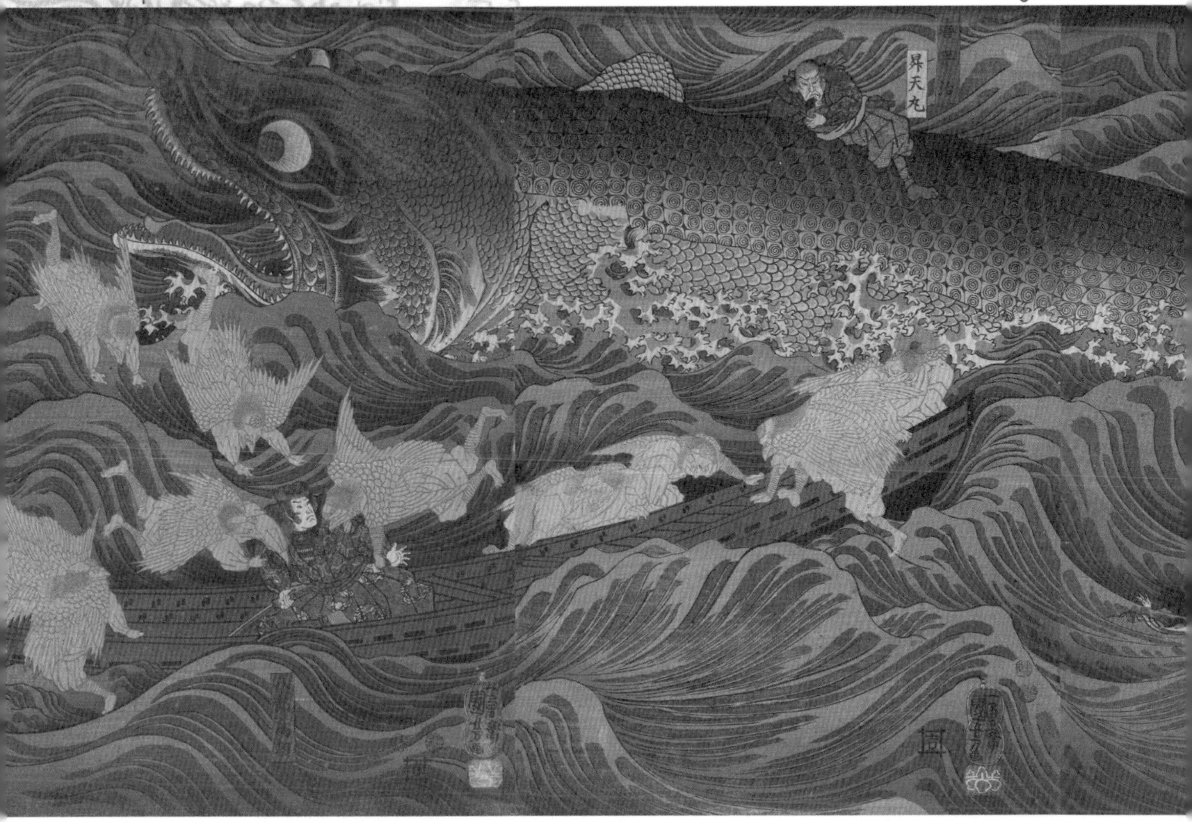

三張錦繪組成的寬幅畫面裡，同時呈現出三個場景：1 一群烏天狗救起為朝，2 白縫投身大海，3 鯊魚背著舜天丸和紀平治。這幅錦繪是在一八五〇－一八五二年（嘉永三－五年）繪製完成，也就是《椿說弓張月》發行四十年之後。鯊魚巨大的身體橫跨三張圖畫組成的畫面，顯示國芳為了完成這幅充滿活力的作品，耗費了極多心血。另一方面，這也是他為了挑戰不同於北齋的鯊魚畫法的野心之作。

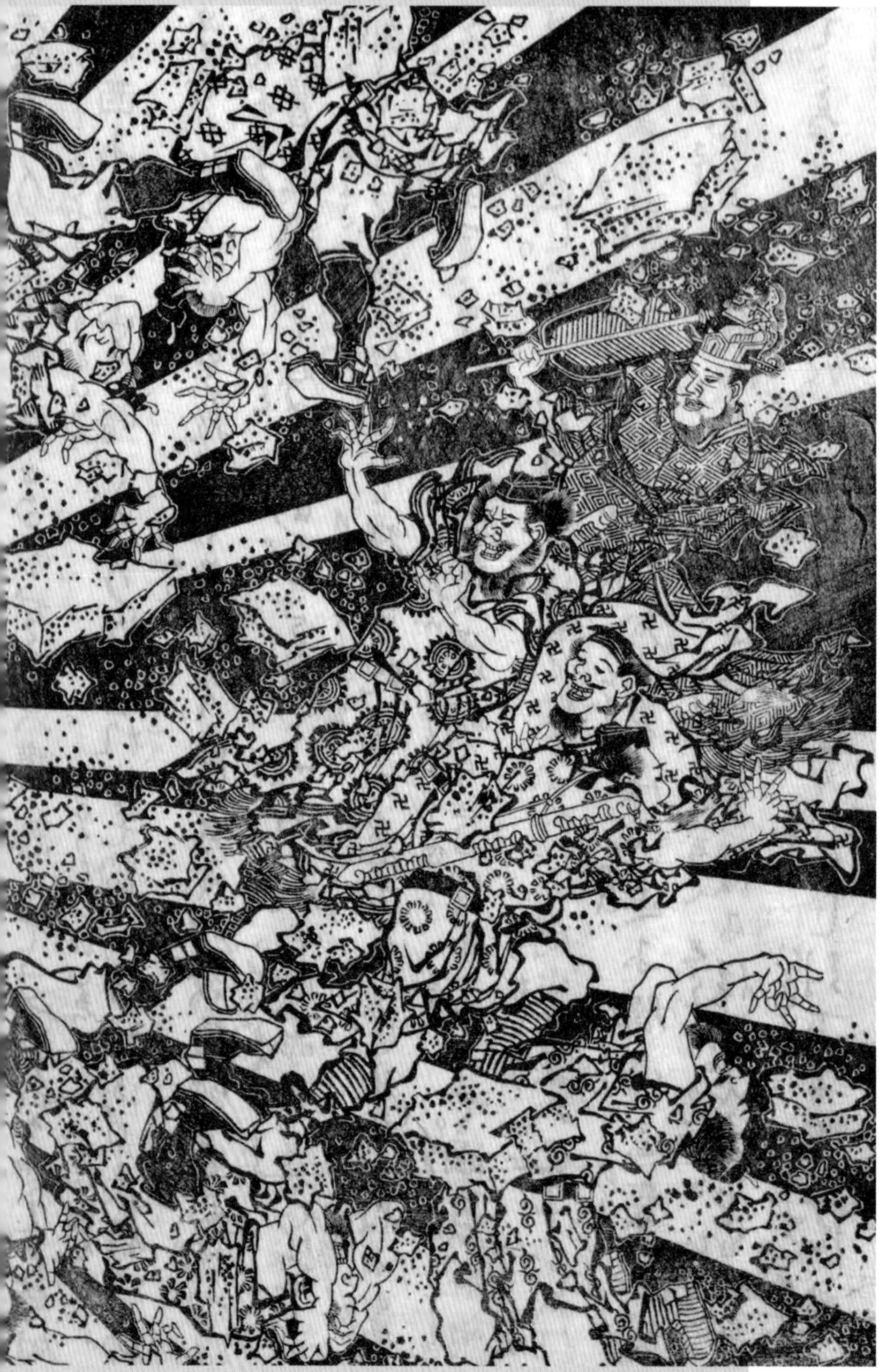

石櫃崩裂，曚雲現身

鯊魚背著舜天丸和紀平治游到一座陌生的小島。這裡是位於琉球國本島正西方的姑巴島。故事的舞台從這裡移向琉球國。新的角色陸續登場，波瀾萬丈的故事情節從此更加複雜。插畫裡這個扣人心弦的畫面，是為朝最大的敵人曚雲砸破石櫃，從裡面跳出來的場景。「石櫃的碎石向四面八方飛去……」除了馬琴這段描寫之外，北齋還加進了極度的渲染效果，他所創作的驚人插畫把讀者帶進了充滿驚異的娛樂世界。

島袋猛火困為朝

當時，琉球國的國王是尚寧王。一天，他的女兒寧王女遭到幾名惡少攻擊，幸而遇到白縫的靈魂附體，寧王女才逃過了險境。不久，曚雲（請參照前頁）推翻了尚寧王，自己登上國王的寶座。為朝見到了寧王女，看出她是白縫附體，便跟寧王女聯手討伐曚雲。為朝緊跟敵人的後方乘勝追擊，一路追到叫做島袋的森林裡，突然發現森林的出口已經被人阻斷，為朝跟馬匹都被熊熊烈火包圍（插畫即是描繪這個場景。為朝雖然身陷絕境，卻想出了妙計）。寧王女趕到現場後發現四周的草木早已燒成灰燼，只好掉頭往回走。誰知就在這時，為朝突然從馬肚裡爬了出來。之後，為朝又奇蹟般的跟舜天丸與紀平治再度重逢。故事的情節繼續朝向本書第十三頁的高潮邁進，為朝跟曚雲的激烈戰鬥仍在持續。

馬琴七十五歲時的肖像。右下方簽名寫著「香蝶樓國貞」，也就是浮世繪師歌川國貞（三代國豐）。據說這幅畫像是在一八四一年（天保十二年），由國貞造訪馬琴的自宅（四谷信濃坂）時為他寫生。刊登在讀本《南總里見八犬傳》第九輯卷之五十三下的「回外剩筆」（完結紀念回顧特集）裡。

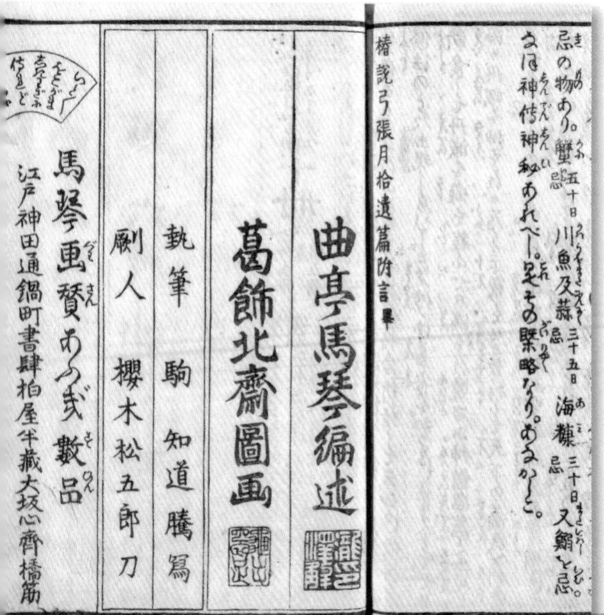

忌の物あり。蟹忌五十日　川魚及蒜忌三十五日　海糠忌三十日　又鰯と忌。
まほ神傳神秘あれべ。是その槩略なり。あなかしこ。

椿說弓張月拾遺篇附言畢

曲亭馬琴編述

葛飾北齋圖画

執筆　駒知道膳寫

剞劂人　櫻木松五郎刀

馬琴画賛あふぎ数品

江戸神田通鍋町書肆柏屋半藏大坂心齋橋筋

《椿說弓張月》拾遺編的版權頁。書頁上的黑色粗體字印著江戶後期最具代表性的作家和浮世繪師的大名。請大家同時也細細欣賞兩位大師的落款印章。同頁的左側還有扇子的廣告，扇面上印著馬琴親筆書的廣告詞。這批限定數量的扇子在出版社店內出售。

曲亭馬琴的作家魂

曲亭馬琴比葛飾北齋小八歲，馬琴活到八十二歲才去世，北齋則活到九十歲。以當時的標準來看，兩人都算很長壽了。馬琴於一八四八年（嘉永元年）去世，北齋在第二年也離開了人世。兩位大師在同時代的文壇與浮世繪畫壇分別占領巨擘的地位。

《椿說弓張月》是兩位大師聯手創作的讀本傑作。兩人一起創作的那段時期，他們相互認可對方的才能，各自發揮自己的專長，共同在讀本界開創出他們的品牌。兩位在自己的專業分野都屬於擇善固執的類型，所以有時也會發生衝突，但是經過相互切磋琢磨之後，終究完成了讀本的創作。

北齋不只為《椿說弓張月》繪製插畫，還畫過許多其他的讀本插畫，其中絕大部分都是水準極高的作品。他不斷發揮領先同輩的繪畫才能，連續發表氣勢逼人的畫作，其他繪師根本望塵莫及。

北齋畫過各種類型的浮世繪，每種類型都留下許多得意傑作，不過歸根究底，他可能非常適合從事讀本插畫繪師這一行吧。雖然故事的情節和作家親筆描繪的插畫草圖（請參照五十三—五十四頁）限定了插畫的內容與創作方向，但這些侷限反而更加刺激了北齋的創造靈感。他經常按照別人創作的故事，畫出前所未有的優秀畫作。所以說，北齋藉由讀本的插畫向我們證明了一項事實：小說可以成為引爆繪畫潛能的引信。

而引爆北齋創作意欲的另一位巨擘馬琴，是什麼樣的人物呢？

馬琴於一七六七年（明和四年）出生在江戶的深川，他的父親滝沢興義是旗本（德川將軍家的直屬家臣）松平家的御用人（公卿身邊的下臣），馬琴在家中排行五男。長大成人之後，馬琴對於下級武士的生活感到不滿，他試著從事過幾種職業，但都不能持久，生活也處於不安定的狀態。

二十四歲那年，馬琴打算投身文學，便去拜訪山東京傳。這次造訪雖沒能讓他如願成為京傳的弟子，但他跟京傳從此展開交流。第二年，馬琴出版了他的第一本黃表紙作品。京傳卻因為書寫洒落本（江戶中期描寫青樓玩樂內容的通俗小說）而獲罪，並被處以戴著手銬在家閉門思過五十天的刑罰。由於京傳暫時不能發表新作，出版社只好請馬琴代替京傳創作黃表紙小說。

之後，馬琴的才能獲得出版社老闆蔦屋重三郎的賞識，並聘請他在書店擔任店員。不久，馬琴娶了一位比他年長的女性，名字叫做阿百。馬琴因而入贅成為鞋店老闆伊勢谷的女婿，從此把他的全副心力投注於寫作。

馬琴是在三十歲以後才開始專心創作。黃表紙的內容偏向輕鬆灑脫路線，以馬琴的性格來說，其實並不適合從事這一行。他之所以願意書寫黃表紙作品，主要是為了賺取潤筆費（稿費），因為黃表紙的發行量大，分給作家的稿費也比較多。而另一方面，馬琴也逐漸把自己的創作重心轉向讀本，朝向通俗小說作家的目標邁進。讀本作家的稿費不多，但一般人都認為讀本作家的身分比較高尚。事實上，馬琴創作的讀本後來深受好評，而他本身也變成了讀本作家當中的泰斗。《椿說弓張月》是馬琴在四十五歲前創作的得意作品。

馬琴是個做事認真嚴肅又有潔癖的人。他雖以博學著稱，性格卻很偏執，而且不善交際，喜歡與人爭執。他所創作的讀本都是以儒教思想為基礎向世人進行教育，內容也總是離不開勸善懲惡、因果報應，他選擇這類題材，一方面是為了避免筆禍，另一方面也是因為這類內容跟他的本性十分契合。

事實上，京傳也寫過讀本，但後來卻被馬琴搶走了讀者。就在京傳放棄創作讀本的那一年，剛滿四十八歲的馬琴推出了他的超長篇讀本《南總里見八犬傳》。

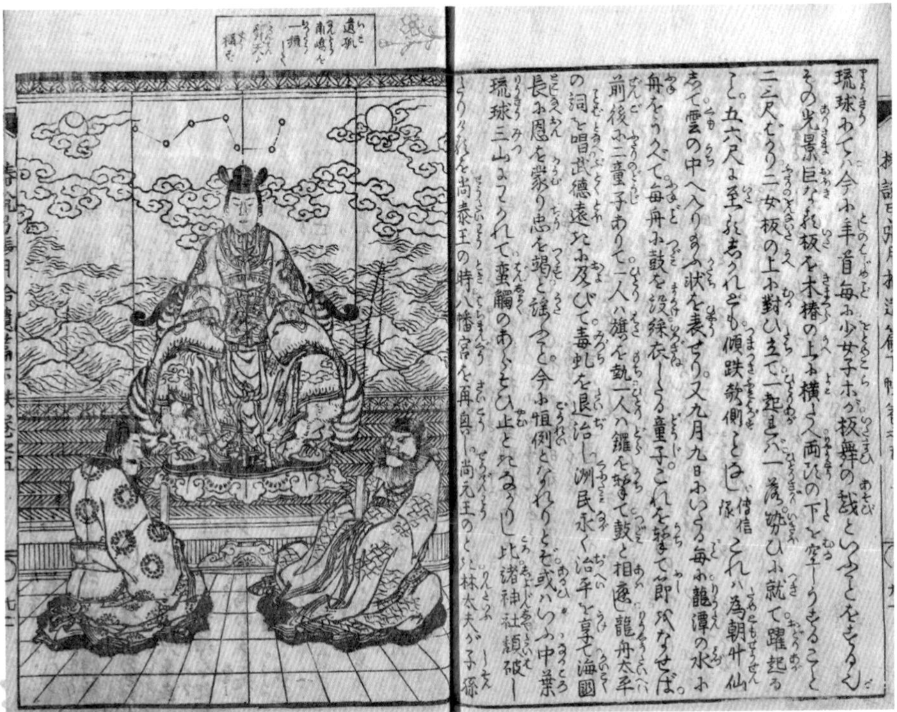

琉球にてハ今に年首毎に少女子ホが板舞の戯といふことをもるく
その光景巨なる板を木椿の上に横へ両ひの下と空うきることと
二三尺ばかり二女板の上に對ひ立て一起且ハ一落。勢ひに就て躍起る
こと五六尺に至る。ふれども傾跌敧側とはし。これハ為朝升仙
して雲の中へ入りすゝ状を表せり。又九月九日ふいる毎に龍潭の水に
舟をうくて毎舟に鼓を設綵衣しるる童子これを撃て節次なせば
前後に二童子ありて一人ハ旗を執一人ハ鑼を撃て鼓と相應。龍舟太平
の詞を唱武德遠近に及びて毒虬を退治し洲民永く治平を享て海國
長に恩を蒙り忠を竭と謡ふて今に恒例となれりとぞ。或ハいふ中葉
琉球三山にわかれて蠻觸のあらそひ止ときなかりし此諸神社頗破し
よりく後を尚泰王の時八幡宮を再興し尚元王のとき林太夫が子孫

《椿說弓張月》最後一張插畫。為朝剿滅矇雲之後，登上前來迎接的祥雲，飄向琉球（表示他已升天）。圖畫中央的人物是後來成為琉球王的舜天丸。馬琴並沒在作品把為朝設定為國王。

第二章 永不完結的《南總里見八犬傳》

這部耗費二十八年歲月完成的巨作，
是曲亭馬琴以戰國時代為背景的壯觀大河讀本。
故事發生在室町時代後期。安房國的領主（大名）里見義實的女兒伏姬
跟她整日誇耀的愛犬八房隱居在安房富山的洞窟裡。
一天，伏姬發現自己懷孕了，她決定切腹自盡。
當刀子插進腹部的瞬間，八顆明珠從她體內飛向空中。
之後，全國各地相繼誕生了八個名字裡有「犬」字的勇士。
八犬士波瀾壯闊的冒險故事便從這裡展開。
馬琴將因果報應作為故事的主軸，
又在主軸的周圍預先埋下錯綜曲折的線索。
但在每次伏線即將破解時，
故事卻像被其他的線索纏住似的重新展開複雜的劇情。
彷彿故事本身一直拒絕結束似的……。
這部作品吸引了無數讀者，始終占據暢銷小說的寶座。
馬琴對這部作品的執著也幫他度過了失明的危機。
勸善懲惡的基調從頭到尾貫穿整部作品，
直到一八四二年（天保十三年），
八位犬士全員集合，才迎來故事的大結局。

第一—四輯的插畫由柳川重信負責完成，第五—七輯則由後來加入的溪齋英泉負責。第八輯仍由重信負責，但他卻在四十六歲那年，也就是一八三二年（天保二年）去世了（這時全書已出版四十八冊）。第九輯（單獨這一輯就有五十八冊）由重信的弟子兼養子柳川重信（二世）、溪齋英泉、歌川貞秀三人聯手負責。這一頁的插畫刊載於第九輯（第一百二十一回），由柳川重信（二世）繪製，犬江新兵衛（右上）在敵人面前大顯身手，只見他迅速取出裝著靈珠的護身袋，在巫師妙椿的面前高高舉起，靈珠射出的光芒照得妙椿大喊一聲：「啊！」

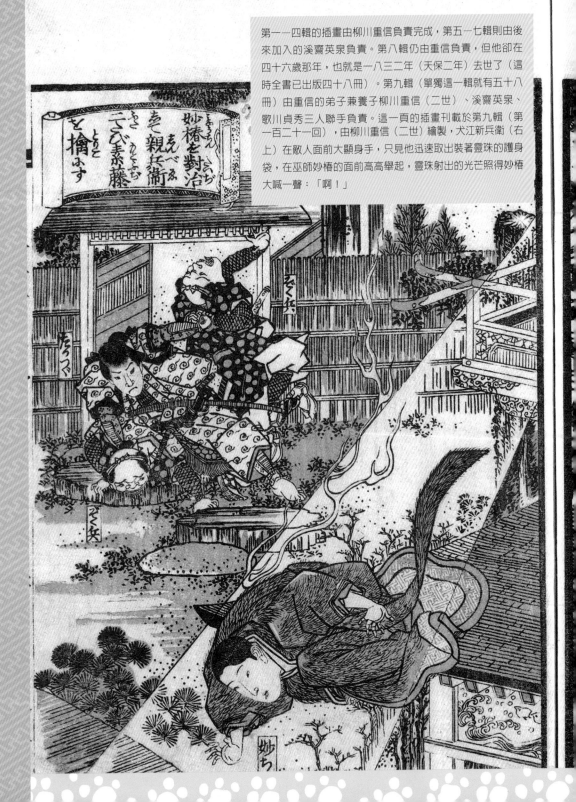

因果報應為主軸，勸善懲惡貫穿全書，八犬士的冒險故事

《南總里見八犬傳》

曲亭馬琴・著　柳田重信與其他三人・畫

全書共九輯九十八卷一〇六冊。作者是曲亭馬琴。這部作品從頭至尾總共花費了二十八年才完成，是有史以來冊數最多的讀本。最先問世的「肇輯」（第一輯），於一八一四年（文化十一年）出版，共五冊（第一回—第十回），馬琴這時已四十八歲，在讀本作家當中獲得舉足輕重的地位，並朝向寫作生涯的圓熟期邁進。

但不幸的是，馬琴的右眼視力從六十七歲那年逐漸衰退，到了七十二歲那年，連左眼視力也變得模糊不清。一八四〇年（天保十一年），馬琴七十四歲，兩眼都看不見了。當時這部小說的劇情正要進入尾聲，馬琴只好以口述的方式，讓他的長媳阿路負責筆記，最後才終於完成了這部巨作。這部著作的最後十冊被歸入第九輯（第一百七十七回—第一百八十勝回下編大團員），於一八四二年（天保十三年）發行。

小說裡的出場人物共有四百多人，總字數超過《源氏物語》的兩倍。更值得一提的是，最後一輯第九輯的內容特別冗長。第一輯至第八輯總共花費十九年的歲月，前後總共印行了四十八冊。而第九輯之後的劇情不斷橫生枝節，所以無法再按照前面八輯的節奏邁向終點。結果，第九輯總共印行了五十八冊（包括特集《回外剩筆》在內）。做事認真的馬琴甚至連小配角的行蹤都交代得一清二楚，事先埋下的伏筆也都詳細地一一交代清楚。在長達九年的時間裡，熱愛這部作品的書迷始終耐心等待第九輯的每一冊續集出版。

由於出版期間過長，書中的插畫是由柳川重信、溪齋英泉、柳川重信（二世）、歌川貞秀等四位繪師先後負起重任。不過繪師雖然不同，讀者卻沒有感覺畫風發生變化。或許是因為馬琴總是親自畫好草圖交給繪師，之後還細心地檢查「校合摺」（校樣紙）吧（請參照五十三、五十四頁）。

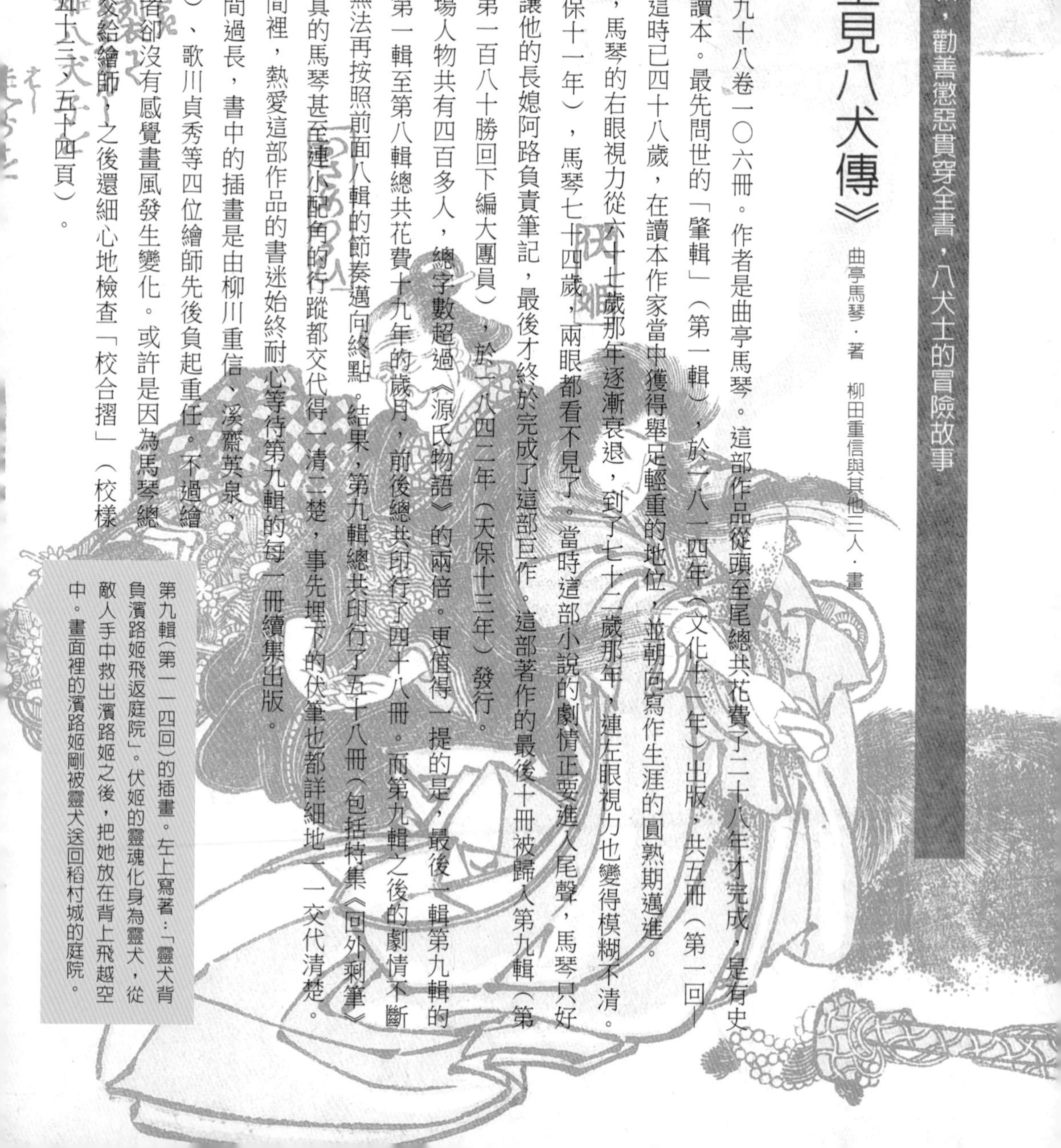

第九輯（第一一四回）的插畫。左上寫著：「靈犬背負濱路姬飛返庭院」。伏姬的靈魂化身為靈犬，從敵人手中救出濱路姬之後，把她放在背上飛越空中。畫面裡的濱路姬剛被靈犬送回稻村城的庭院。

南總里見八犬傳第九輯巻之十二分巻之上終
靈狗庭に
濱路姫を
將て還る
はまぢ姫

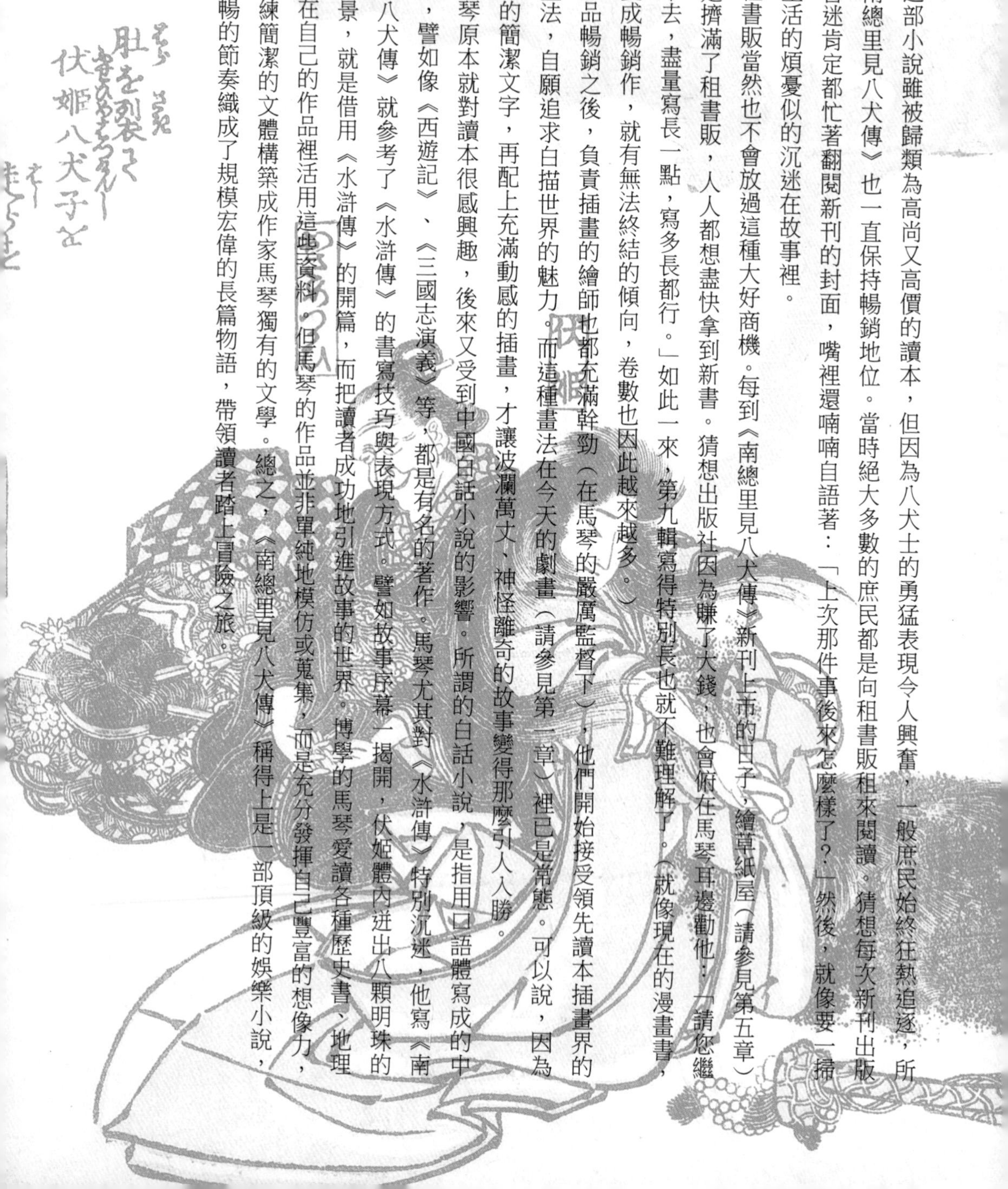

這部小說雖被歸類為高尚又高價的讀本，但因為八犬士的勇猛表現令人興奮，一般庶民始終狂熱追逐，所以《南總里見八犬傳》也一直保持暢銷地位。當時絕大多數的庶民都是向租書販租來閱讀。猜想每次新刊出版後，書迷肯定都忙著翻閱新刊的封面，嘴裡還喃喃自語著：「上次那件事後來怎麼樣了？」然後，就像要一掃日常生活的煩憂似的沉迷在故事裡。

租書販當然也不會放過這種大好商機。每到《南總里見八犬傳》新刊上市的日子，繪草紙屋（請參見第五章）裡總是擠滿了租書販，人人都想盡快拿到新書。猜想出版社因為賺了大錢，也會俯在馬琴耳邊勸他：「請您繼續寫下去，盡量寫長一點，寫多長都行。」如此一來，第九輯寫得特別長也就不難理解了。（就像現在的漫畫書，一旦變成暢銷作，就有無法終結的傾向，卷數也因此越來越多。）

作品暢銷之後，負責插畫的繪師也都充滿幹勁（在馬琴的嚴厲監督下），他們開始接受領先讀本插畫界的北齋畫法，自願追求白描世界的魅力。而這種畫法在今天的劇畫（請參見第一章）裡已是常態。可以說，因為有馬琴的簡潔文字，再配上充滿動感的插畫，才讓波瀾萬丈、神怪離奇的故事變得那麼引人入勝。

馬琴原本就對讀本很感興趣，後來又受到中國白話小說的影響。所謂的白話小說，是指用口語體寫成的中國小說，譬如像《西遊記》、《三國志演義》等，都是有名的著作。馬琴尤其對《水滸傳》特別沉迷，他寫《南總里見八犬傳》就參考了《水滸傳》的書寫技巧與表現方式。譬如故事序幕一揭開，伏姫體內迸出八顆明珠的著名場景，就是借用《水滸傳》的開篇，而把讀者成功地引進故事的世界。博學的馬琴愛讀各種歷史書、地理誌，並在自己的作品裡活用這些資料。但馬琴的作品並非單純地模仿或蒐集，而是充分發揮自己豐富的想像力，再以精練簡潔的文體構築成作家馬琴獨有的文學。總之，《南總里見八犬傳》稱得上是一部頂級的娛樂小說，它以流暢的節奏織成了規模宏偉的長篇物語，帶領讀者踏上冒險之旅。

芳流閣之戰

犬塚信乃發現名刀「村雨丸」被人掉換了。足利成氏和掌權者橫堀在村知道後極為憤怒。信乃因此被疑為敵方的間諜而遭到追捕，他一路逃亡，最後逃到芳流閣的屋頂上。這時，無罪入獄的犬飼現八（插畫裡寫為「見八」）突然被釋放，並接到在村的命令，叫他去把信乃抓來。信乃和現八原是義兄弟，現在卻被迫拿起刀劍互鬥。出人意料的劇情在日文與漢文交織的優美文字中推進。兩人在屋頂打鬥，是小說中最有名的場景之一，不僅具有超強的視覺效果，也曾被錦繪與歌舞伎當成最佳題材。下圖是第三輯最後一張插畫，馬琴在故事

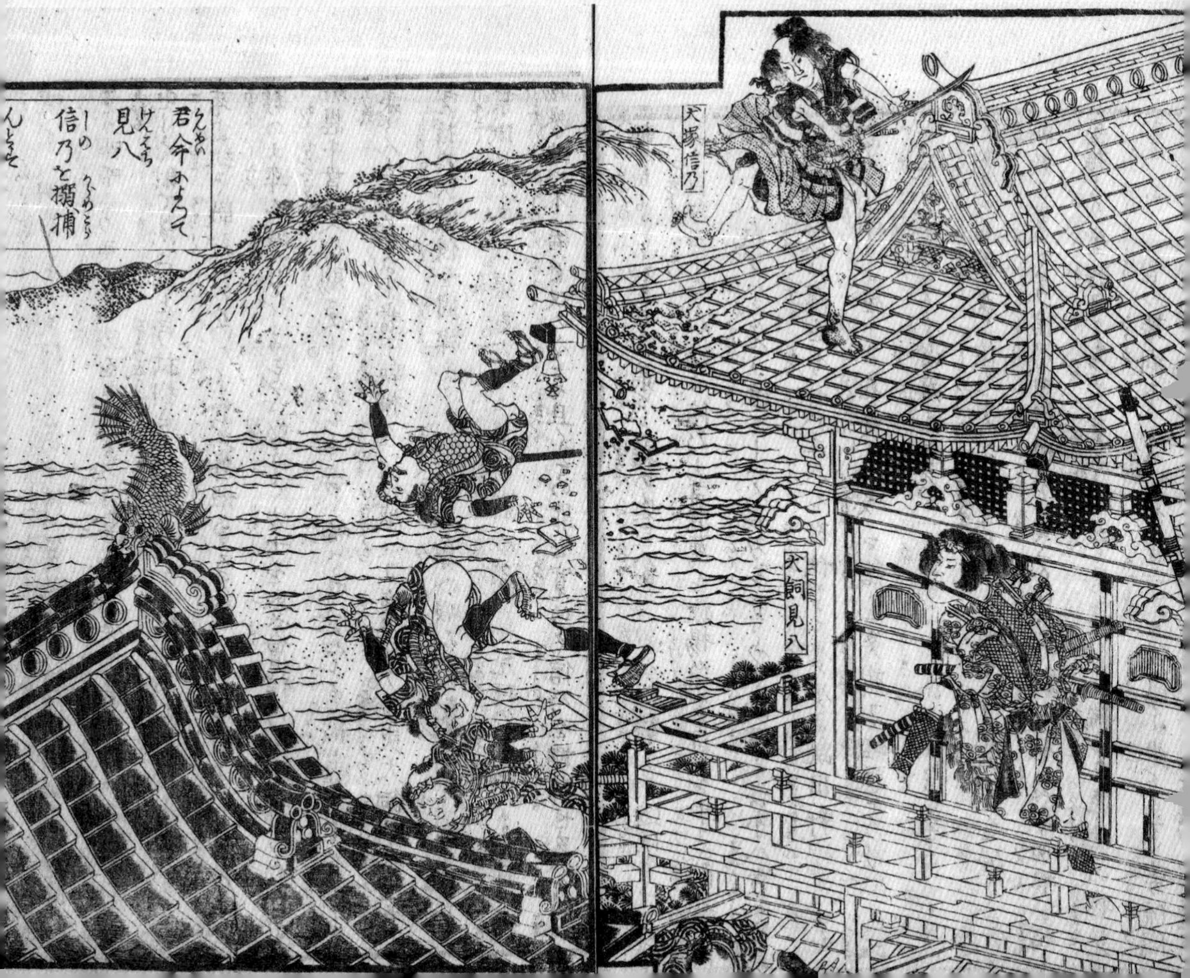

的結尾寫道：「雙雄之爭究竟誰勝誰負？」接著又寫：「第四輯的開頭為您解答。」馬琴用這種方式刺激讀者對下輯產生無限的期待。

奉君命，見八捕信乃

下圖是第四輯的第一張插畫。現八登上了三層樓房的屋頂與信乃進行死戰。信乃的長刀被現八手中的「十手」（棒狀把手的尖端裝上鐵鉤的捕人工具）打斷，差點就被現八按倒在地，緊要關頭兩人腳下一滑，便從屋頂滾了下去。只聽「咚隆」一聲，兩人一齊掉進一艘小船。這陣衝擊砸斷了繫船的纜繩，小船陷進板東太郎（即「利根川」）。古代的日本人習慣給河川、地名冠上人名。「板東」指關東平原，利根川是關東平原最大的河流）的急流，一直被沖到葛飾的行德海邊。

錦繪

←《南總里見八犬傳》於一八三六年（天保七年）在大坂和江戶以歌舞伎形式演出（首演）。尤其是劇中「芳流閣之戰」的誇張打鬥受到觀眾的熱烈喝采。這幅錦繪是豐原國周於一八七四年（明治七年）完成的作品，畫中特意放大了兩名演員的舞台演技。這齣歌舞伎曾在二〇一五年（平成二十七年）於東京國立劇場上演，屋頂上的打鬥場景也獲得觀眾的好評。

↓正在對峙的信乃與現八分別占據畫面的左右兩端。這幅三張一套的錦繪是歌川國貞（三代豐國）的作品。

曲亭馬琴的草圖

馬琴在二十五歲那年出版了第一本黃表紙。黃表紙中，故事的敘述文字與對話都密密麻麻地寫在插畫的空白處（請參照一三〇頁）。黃表紙作家創作時需要把插畫和文字合為一體，並且親自繪製草圖（親筆底稿），所以作家當然必須具備繪畫才能。黃表紙製作過程是先由繪師（或作家自己）照著作家畫好的草圖重新描繪一番，讓插畫看起來更美觀華麗。完成後，由抄寫員繕寫文字，然後把紙樣交給雕師。而讀本通常也跟黃表紙一樣，插畫的草圖都是由作家親自繪製。馬琴跟春町或京傳比起來，遠不如他們那樣具有繪畫天分，但或許因為創作黃表紙而有所鍛鍊，他的手繪草圖不僅線條堅定沉穩，主旨也十分明確。五十三頁與五十四頁介紹的是馬琴的手繪草圖和印刷後的雕版畫，兩相對照之下，大家應該能夠看出馬琴頑固認真的性格吧。馬琴雖然算不上繪畫天才，但他的草圖卻具有強烈的視覺效果，難怪他立志要當讀本作家。七十四歲那年，馬琴兩眼失明，之後便以口述方式繼續創作，他的長子這時已經去世，所以便由長媳阿路負起筆記的重任。至於書中插畫的草圖，或許馬琴也是口頭上詳細交代各種指示吧。

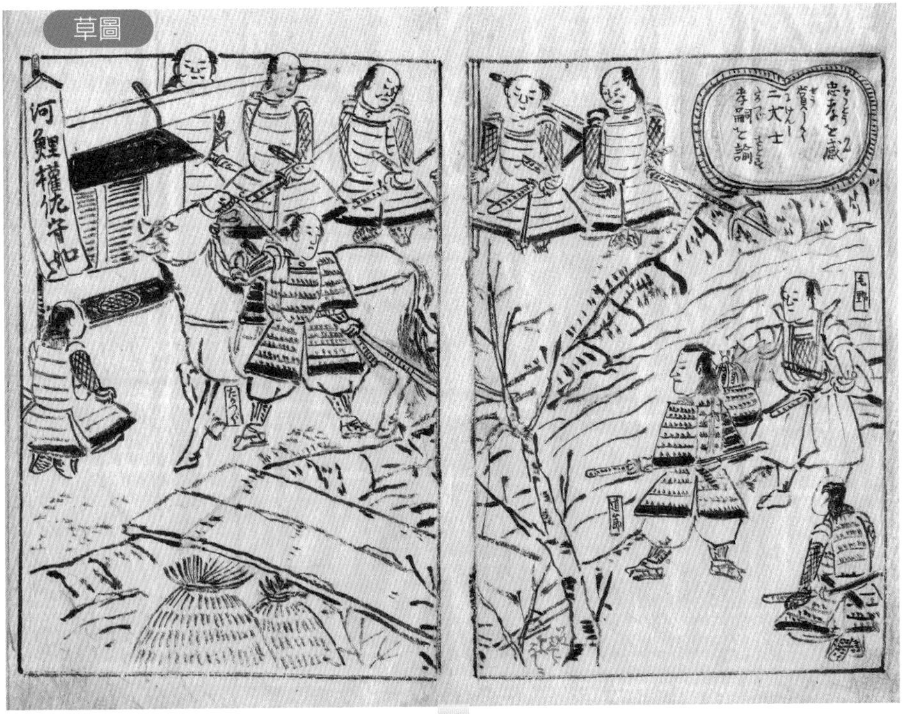

刊登在第九輯上套卷之二（第九十四回）的插畫〔柳川重信（二世）畫〕

刊登在第九輯上套卷之四（第九十八回）的插畫〔柳川重信（二世）畫〕

對牛樓淪為戰場

美女田樂師（插秧時祭祀田地之神的舞樂叫做田樂，舞者叫做田樂師）旦開野出場了。對牛樓的酒宴結束後，旦開野站在父親的敵人馬加大記常武的枕畔說：「上次的決戰還沒分出勝負唷！」這時常武已經醉得不省人

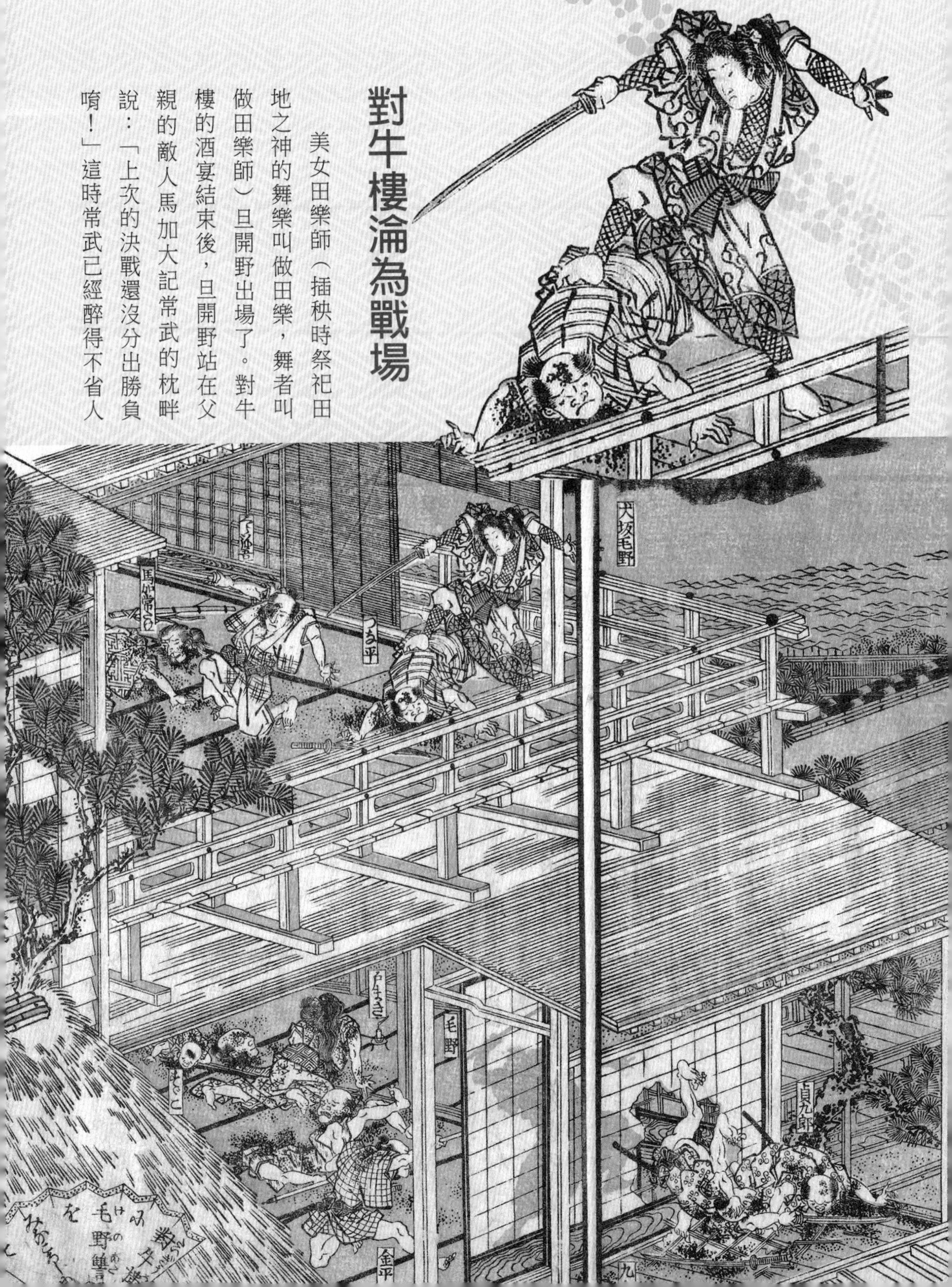

事，聽了這話，他立刻驚醒過來，正要抽刀抵抗，卻被旦開野當場砍下腦袋。常武的家臣聽到聲響，迅速地翻身跳起來。於是，一場壯烈的打殺就此展開序幕。旦開野其實是八犬士之一的犬坂毛野，他變身為女藝人前來復仇，而且獨自一人就殺死了無數敵人。這一幕也是小說中有名的場景。

如果把芳流閣之戰（四十九－五十頁）形容為「陽剛的亂打亂殺場景」，這一節的對牛樓之戰則可說是「陰暗的大量殺戮場景」。這張插圖是用客觀的視線從較遠處的上空窺視對牛樓上的慘烈現場，畫面裡的景象比誇張的特寫鏡頭更充滿血腥味。胡亂砍殺的死者和東倒西歪的屍體，醞釀出恐怖的寂靜。樓下的紙門上映出的身影也是毛野。不同時間發生的事情被畫在同一幅畫面裡。

充滿創意的卷頭畫

書中的每幅卷頭畫都蘊含深意，值得細細品味。五十五頁這幅對牛樓場景的插畫刊登在第六輯卷之四（第五十七回）。同輯卷之一的卷頭共有三幅跨頁卷頭畫，五十七頁收錄了其中的兩幅。上方的跨頁卷頭畫裡，一邊是犬坂毛野，另一邊是毛野穿著女裝扮成女田樂師（旦開野）的模樣，兩者形成對比。插畫的四周環繞著其他故事人物組成的框邊。下方的跨頁卷頭畫也是同樣的構圖，但兩幅卷頭畫的底色特意地做了一些變動，上方的插畫採用全黑的底色，周圍框邊則採用淡墨色底色。

高哉犬坂
勇且好謀
避冤在
胎変生
剿仇
犬坂毛野胤智

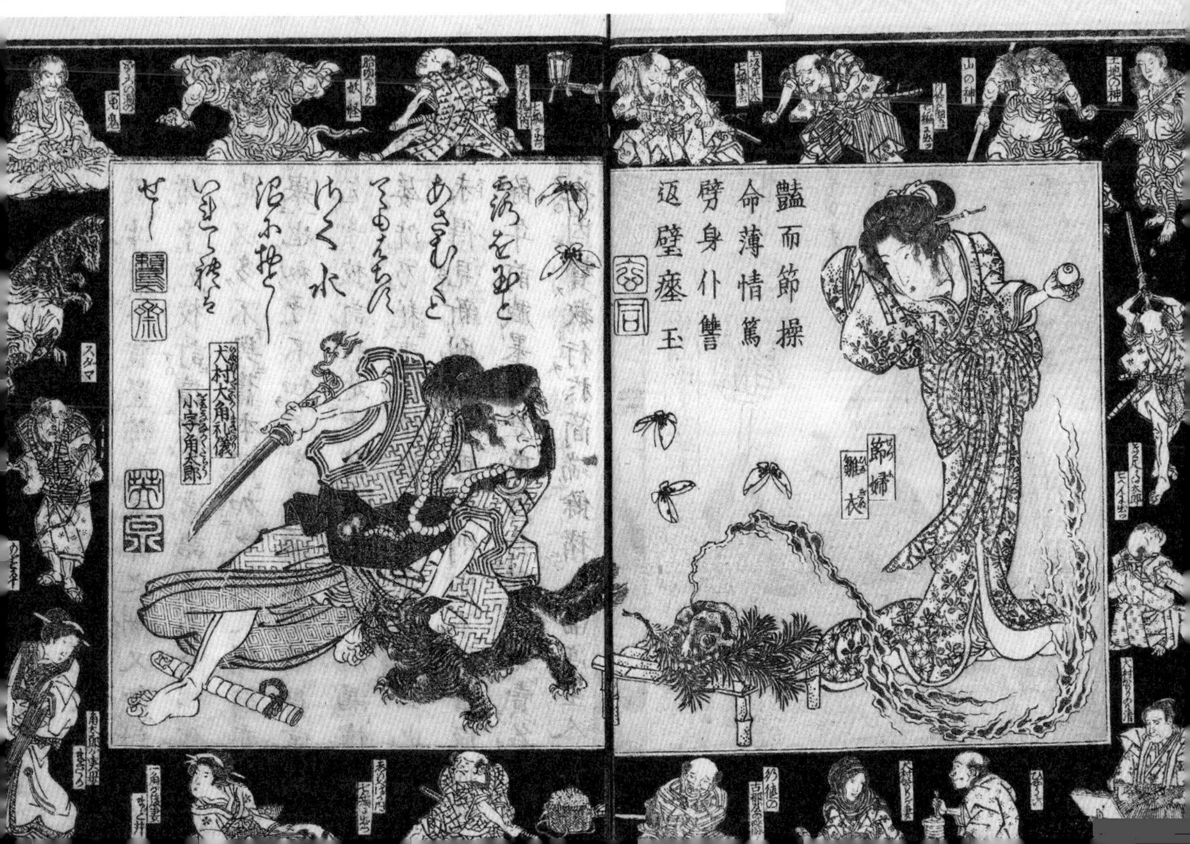

豔而節操
命薄情篤
劈身什讐
返璧瘞玉
犬村大角礼儀
節婦雛衣

現八奮勇挫五惡

八犬士之一的犬飼現八曾在芳流閣之戰給讀者留下了深刻印象。這幅插畫裡，他再度展露超群的武藝。赤岩一角（其實是怪貓變成的人物）是擁有兩三百名徒弟的武術達人。他向現八說道：「我來教你怎麼用太刀吧。」說著，他便領著現八走進練武館。兩人一踏進門，一名習武的學生飛伴太就舉著木刀砍殺過來。現八一抬手，狠狠擊中對方的左肩頭。緊接著，東太、潑太郎、團吾等其他幾名學生也一擁而上，聯手向現八發起進攻。但現八絲毫沒把這些人放在眼裡，輕輕鬆鬆地擊退了他們。這時，練武館的教練籠山逸東太緣連跳出來喊道：「用真劍來較量！」現八回答：「用木刀即可！」怒火中燒的緣連丟掉手中的長刀，撲上去跟現八扭打成一團，結果卻被現八打倒。這時，一角的次子牙二郎見狀，連忙抓起長刀。他的父親卻制止道：「等一下！」畫面裡正在偷窺的女人是一角的繼室船虫（是個可怕的壞女人）。以上曲折的情節全被畫在同一畫面裡。

應仁往昔有傳說，鷹鷲掠走三歲女

壞蛋蟇六有個長得很漂亮的養女，名字叫做濱路。事實上，她是犬山道節同父異母的妹妹，從小就許配給犬塚信乃當妻子。十六歲那年，濱路被人拐走後遭到殺害，亡魂附在另一個也叫做濱路的女孩身上，並來到信乃的面前傾訴自己對他的愛戀。這個叫做濱路的女孩，其實是里見義成的第五個女兒，三歲時在城樓裡被一隻鷹鷲強行帶走。馬琴運用巧妙的文筆，把故事人物的奇特命運錯綜複雜地交織在一起。這幅插畫充分表現鷹鷲搶走濱路公主的瞬間。後來，濱路公主終於成為信乃的妻子(請參照六十二頁)。

御簾外，八犬士抽紅繩

八犬士最後結局如何？

八犬士排除萬難，總算在里見家相聚。八人的功績都受到盛大表揚。故事裡的敵人都是作惡多端的壞蛋，八犬士全被描寫成正義的勇士，得到最終的勝利，而且沒有人在打鬥中犧牲。為了表揚他們的功勞，八犬士各自獲得城樓，而且都娶了里見義成的美貌女兒當妻子。直到最後都未偏離勸善懲惡的主題。

這類題材如果處理不好，就會令讀者感到枯燥單調，但馬琴卻想方設法把故事編得更吸引人。他總是巧妙地事先埋下好幾層線索，再以適當的節奏組成現實與虛構共存的大眾文學。馬琴雖然生性嚴肅，卻深知自己是擁有職業娛樂小說家才能的文學創作者。他一直很謹慎地避免因筆耕而惹來禍事。跟他同時代的山東京傳等著名作家和繪師都陸續遭到筆禍，唯獨馬琴逃過了一劫（但如果細細品味，這部作品的某些段落雖然表現得非常委婉，卻能感受到馬琴對幕府的批判）。

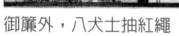

上圖裡，八犬士和義成的八個女兒隔著御簾分坐兩側。簾子下端垂著紅繩，繩子的另一端繫著八個女孩的名牌。他們抽籤決定未來的配偶。想必有些讀者忍不住反問：怎麼能用抽籤來決定終生伴侶？然而，馬琴卻用嚴肅又優美的文字註釋這段故事。

更出人意料的是，信乃抽中了濱路的紅繩。任何人讀到這裡都會覺得，這也太過巧合了吧？當然馬琴也料到讀者的反應，所以接下來他便借義成之口，長篇大論地說明了八對男女天定良緣

其二　八小姐，喜得天定良緣

八犬仙山中遊戲圖

的由來，藉此消除讀者心中的疑惑。馬琴就是擁有這種圓熟老到的寫作技巧，所以絕不會隨便讓讀者掃興。

故事的結局大致算是喜劇大團圓，不過義成去世後，領主的寶座傳到第四代的實堯時，上了年紀的八犬士已經預見即將發生內亂，所以決定歸隱山林（左圖）。不久，他們的兒子前來探望，八犬士提醒兒子不要再輔佐愚昧無知的實堯，說完，便一起變成神仙，消失了蹤跡。馬琴以這種方式暗示世間的無常。不僅如此，他也把「內心」的想法嵌進整部作品裡，他所擁有的不容偏頗論斷的反抗精神，更深深地埋藏在字裡行間。

第三章 樂讀文字與插畫的讀本傑作選

《英草紙》《本朝水滸傳》《雨月物語》《繪本太閤記》《忠臣水滸傳》《新累解脫物語》《小栗外傳》《釋迦御一代記圖會》

滿載內容深奧的知性故事，格調高雅的短篇小說集，讀本的起源

《英草紙》

第五話　紀任重陰司斷滯獄

第五話的故事發生在弘安年間（一二七八—一二八八）。男主角紀任重是個天資聰慧的男子。他的祖上出身不錯，但到了他這一代，從小父母就死了，也沒留下任何財產。任重的俸祿非常少，日子過得很貧困，但他仍然飽讀詩書，頗有見識。可惜年過五十，還是沒有得到上司的賞識。任重因此滿腔的憤世嫉俗。一天晚上，他正在吟詠和歌，並在序言裡寫了一大堆對老天爺的怨言和不滿。寫完就把紙燒了。「如果我是閻王的話，一定能做出公正的裁判。」任重坐在書桌前自言自語，不一會兒就睡著了。這時，桌子下面突然鑽出七、八名青面惡鬼，用鎖鏈拉著任重來到閻王殿。任重這才聽說，玉皇大帝命他暫時代理閻王十二小時。任重後來果然發揮裁判的才能，圓滿完成閻王的任務。

本書的第一章、第二章介紹了兩部巨著，都是江戶後期著名作家曲亭馬琴的作品，也是曾經暢銷一時的著名讀本。後來更因為租書販的出現，庶民階層也產生了很多熱愛閱讀這類讀物的書迷，上述兩部著作因而成為廣受大眾喜愛的讀物。從分類上來看，這兩部作品屬於在江戶開花結果的後期讀本。

在第三章裡，我將從讀本的興盛期往回追溯，介紹一本上方的短篇集。這部作品咸認是讀本的起源；也會簡要地列舉這之後的其他作品，並說明前期讀本的特徵。

接著，我將介紹山東京傳的《忠臣水滸傳》，這部作品被視為後期讀本的始祖。為什麼讀本的流行趨勢是從這部作品開始發生變化？我會試圖在這一章裡說明原由。

繼《忠臣水滸傳》之後，我將按照出版順序介紹三部後期讀本。這三部作品的插畫都是由葛飾北齋繪製。即使只是在小說的插畫裡，北齋的繪畫天才也能充分展現。請各位細細欣賞我從三部作品裡挑選出來的白描畫傑作，另外，我也會說明插畫在讀本裡扮演的角色與重要性。

本章開頭介紹的《英草紙》，被認為是讀本的起源，也是一部非常重要的作品。全書由九篇短篇小說組成，共有五卷五冊，於江戶中期的一七四九年（寬延二年）發行。因為這部作品的書名旁邊有時會印上副題「古今奇談」四個字，所以通常也把書名寫成《古今奇談　英草紙》。作者是大坂的醫師兼漢學學者都賀庭鐘（號「近路行者」）。

《英草紙》跟浮世草子（江戶時代誕生的一種近代文學的型態。參見本書第五章）是不同類型的小說。後者剛剛問世時，給人留下俗套與矯飾的印象，而《英草紙》出現時卻散放著高雅的氣息，並且號稱「成人的小說」，因此受到許多知識分子的矚目。故事的內容大多是在感嘆人性差異、生活態度、貧富不均、善惡有報、人世無常……，字裡行間瀰漫著嘲諷精神。儘管故事的結構刻板僵硬，結局卻不套入固有的框架。因為作者會在文字裡醞釀出某種迴響，能讓讀者進行自我深思。不過，書中收集的故事並不是庭鐘的原創。其中大部分都改寫自中國的白話小說，然後把時代背景改換成日本的鎌倉時代或室町時代。當時由於上方的小說界處於低迷期，像《英草紙》這類作品剛好也為小說界帶來了新風氣。

書中的跨頁插畫穿插在文字之間，數量雖然不多，卻把故事的部分內容適切地展現出來。這些插畫向讀者提供的，並不是繪畫的震懾力，而是故事的附屬形象。讀者從這些白描插畫可以看出繪師的技術純熟卻避免過度表現，畫中還飄逸著一絲脫俗的品味，但可惜的是，我們至今無法判定繪師究竟是誰。

庭鐘的作品中，標題附帶「古今奇談」字樣的，繼《英草紙》之後，還有一七六六年（明和三年）出版的《繁野話》（九編），一七八六年（天明六年）出版的《莠句冊》（九編）。庭鐘創作的前期讀本內容充滿知性，後來又有許多深受庭鐘影響的作家也陸續發表了作品。

第六話 三妓異趣各留名

第六話的故事一開頭寫道：「古諺有云今再提，老與少，貴與賤，男與女，人各有志，其志各異。」故事人物共有三位姊妹，三人都是青樓妓女，性格與人生態度各不相同，全篇是由長女都產，次女檜垣，三女鄙路共同組成的男女愛恨交織劇。劇情發展按照長幼順序，先從長女說起。不過最後的結局卻不是三姊妹迎接喜劇大團圓，因為長女和次女後來都相繼去世了。這幅插畫裡的三女鄙路是個英勇的俠女，畫面裡，她舉起長刀正要砍死狡猾的船頭勘平。女人滿臉正義凜然的表情，跟祈求饒命的男人形成強烈的對比，令人看了十分感慨。鄙路殺死勘平之後，當天晚上就失蹤了。結局十分耐人尋味，多年後，一位住在京都北山的尼姑向人說起三姊妹的故事，但鄙路的去向卻永遠無從探訪了。

《水許傳》首度被人改寫。任由想像的翅膀自由翱翔的長篇大作

《本朝水許傳》

作者建部綾足出身世家，是陸奧國弘前藩家老的次子，但在二十歲那年，他的人生卻發生天翻地覆的巨變。因為他愛上了自己的嫂嫂，這件事使得整個家族吵鬧不休，綾足只好拋棄武士的身分，離家出走。他曾在全國各地遊蕩，當過俳人、畫家，最後投身到國學家賀茂真淵的門下，經過一番努力，他也變成了國學家。

綾足以多才多藝著稱，作品數量極多，年近五十的時候，受到都賀庭鐘的影響，也開始挑戰創作讀本。一七六八年（明和五年），他以在京都成為話題的悲戀事件的「源太騷動」（一七六七年京都一乘寺村的渡邊源太殺死親妹的事件）為藍本，寫成了《西山物語》（三卷三冊）。出版那年，綾足剛好滿五十歲。而庭鐘出版第二部讀本《繁野話》則是在《西山物語》問世前兩年。《西山物語》是前期讀本當中的優秀作品，也是讀本萌芽期的代表作。

眾所周知，《本朝水滸傳》是首部改寫中國的《水滸傳》而成的著作。這部超長篇巨著跟庭鐘的短篇集不同，陸陸續續地出版了幾十冊，可說是開啟後期讀本序幕的先驅。

《本朝水滸傳》的前編（十卷九冊）於一七七三年（安永二年）出版。後編（十五卷十五冊）雖然寫完了，卻沒有出版，只留下抄本。事實上，綾足對於後編之後的續集早已構思完成，誰知他卻在前編出版後第二年去世了，所以續集最終無法完成。

故事的背景設定在奈良時代，許多角色都是實際存在的人物。壯麗的劇情發展令人目眩，作者任由自己想像的翅膀奔放翱翔，並不在乎內容是否符合史實。後來曲亭馬琴創作的讀本也受到綾足的影響。

《雨月物語》

九個神怪短篇故事組成的前期讀本不朽名著。作者為上田秋成

作者上田秋成不但是作家，也是俳人、歌人、國學家、茶人，有段時期還當過醫生。這部作品是秋成創作的第一部讀本。全書共五卷五冊，其中收錄了九篇短篇小說，卷數的組成跟都賀庭鐘的《英草紙》一樣，故事內容也是參考中國的白話小說。據說秋成專心修習醫術的那段時期，曾拜庭鐘為師，他後來能夠寫出《雨月物語》，應該也是因為受到讀本的先驅庭鐘的深遠影響。

《雨月物語》出版後，由於內容十分有趣，故事結構也幾乎無懈可擊，讀者都給予極高的評價，認為比庭鐘寫得好。因為庭鐘的作品雖然含意深奥，卻隨時都在嚴肅地說教。事實上，今天《雨月物語》的知名度也遠超過庭鐘的《英草紙》。儘管讀者會覺得內容令人毛骨悚然，但又迫不及待地閱讀，直到現在，這部不朽名著仍然受到讀者的喜愛。

九個短篇被歸類為神怪小說，是字字珠璣的傑作，能夠引領讀者走進惡夢般的玄幻世界。秋成並沒把作品寫成虛張聲勢的怪談，而是深入小說人物的內心，描寫凡人精神上的恐懼。故事裡那些不可思議的神怪現象，則是為了描寫人類在極限狀態下產生苦惱與掙扎而預作的鋪設，背後隱藏著人心底層的黑暗面，譬如像欲望、性愛、執著等。每篇作品的字裡行間都能看到秋成的不幸遭遇和他後來成為知識分子之後的生活態度。

秋成出生在大坂，四歲那年，他被送到堂島一家經營紙店與油店的商家當養子，第二年，他染上天花，幾乎丟了性命。青年時期的秋成過著放蕩的生活，後來因為對俳諧（俳句與連句）產生興趣，才開始遍讀各種書籍。二十七歲那年結婚成家。養父去世後，他雖然繼承了商店，卻因為對經商沒有興趣，最後無法經營下去。秋成創作的浮世草子（請參見第五章）作品於一七六六年（明和三年）與第二年陸續出版。之後，就像我們前面說

過的，他讀了庭鐘的讀本，受到啟發，所以寫成了《雨月物語》。不過，這部作品出版問世，卻是在完稿的八年後，也就是一七七六年（永安五年）。據說在這八年之間，秋成一面鑽研漢學、國學和醫學，一面細細推敲作品中的每一句話。秋成在晚年寫成的讀本《春雨物語》，也是非常著名的作品。

蛇性之婬

紀伊國有位富有的船主，他的第三個兒子叫做豐雄。豐雄是個整天不務正業，四處惹是生非的青年。一天，豐雄正在漁夫家中避雨，剛巧有位全身被雨淋得濕透的美女（真女兒）帶著一名少女（真路耶）也來避雨。雨勢變小之後，豐雄把他的雨傘借給真女兒，自己則向漁夫借了斗笠和蓑衣冒雨回家。第二天，豐雄到真女兒家去取自己的雨傘，剛走到門口，就看到真路耶。她把豐雄請進客廳，享受了一頓真女兒準備的豐盛酒菜。豐雄喝下美酒，沉浸在如夢如幻的氣氛裡，不料，這時真女兒突然化身變成了一條蛇（蛇妖）……。上面的插畫描繪的是老人識破真女兒其實是妖怪的瞬間。右邊的插畫描繪的是附身在一位女孩體內的真女兒在豐雄面前現出蛇精的原形。

青頭巾

下野國(今天的栃木縣)有個叫做富田的地方。富田的深山裡有座佛寺，裡面住著一位德行高尚的住持。有一次，住持出遠門到越國(今天的福井縣敦賀市至山形縣庄內地方的區域)，回來時帶回一名十三歲左右的童子，令他服侍自己。男童是個美少年，住持對他十分寵愛，不過男童後來卻生病去世了。住持悲傷不已，跟屍體在一起度過數日，遲遲不肯把男童下葬，後來，住持失去了理智。他看著屍體逐漸腐爛，心中覺得萬般不捨，便把屍體全都吃下肚去。寺裡其他人看到這情形，一面大喊：「住持變成鬼了！」一面紛紛奪門而出。之後，每天晚上，住持都從山上來到村裡襲擊村民，不僅如此，他還會挖開墳墓，吃掉墓中的屍體。一天，一位叫做「快庵禪師」的聖僧來到富田村，他聽完村民轉述的故事，決心幫助已經變成鬼怪的住持，並解救那些整天活在恐懼中的村民……這幅插畫裡，化身成鬼怪的住持下山到村中，緊追在兩位村民的身後。

秀吉統治天下的故事，將近九百幅岡田玉山的劇畫風格插畫供讀者欣賞

《繪本太閤記》

上方（京都．大坂）是江戶前期的文學中心。中期之後，江戶出現了許多作家，所以文學創作與出版事業的中心漸漸從上方移向江戶。尤其到了寶曆．明和．安永．天明年間（一七五一－一七八九），文藝活動重心逐漸東移的現象更趨顯著。

在這段時間裡，江戶的武士與上層社會的町人對黃表紙之類的新型文藝更加熱中，而發源於上方的浮世草子則失去優勢。讀本的內容原本在上方是以「雅」為重，但傳至江戶之後，逐漸轉向大眾同樂的「俗」，並對江戶的文人產生影響。

上方的出版社雖然因此陷於劣勢，但他們並沒有坐視情況惡化，而是想出各種辦法尋找可能暢銷的新作，好讓出版業繼續經營下去。譬如為了擴大讀者群，或許應該增加作品中「俗」的比重；另一方面，為了讓女子也能輕鬆閱讀，他們又想到，或許應該增加插畫的數量；同時，出版社還推出超長篇小說的企劃，增加刊行冊數，刺激讀者閱讀續集的渴望等。這部《繪本太閤記》就是符合上述條件的作品，大坂的出版社特別撥出預算，以大型企劃發行上市，結果極受讀者的歡迎，成了超級暢銷作品。

小說的主角是豐臣秀吉。可能因為一般庶民都對秀吉統一天下的故事很感興趣，而且把故事通俗化的企劃又剛好符合讀者的喜好。這兩個條件應該是《繪本太閤記》變成暢銷書的主要原因吧。

內容主要參考《太閤真顯記》的原作，由大坂的文人竹內確齋負責撰寫。初編共有十二冊，於一七九七年（寬政九年）出版。上市後獲得廣大讀者的熱愛。五年後，也就是一八〇二年（享和二年），最後的七編十二冊出版了，讀者總算看到故事的結局。這部作品的各編分別都由十二冊組成，全書共八十四冊，可說是堂堂巨著。

由於書名冠上「繪本」兩字，所以書中的插畫數量當然比以往的讀本更多。插畫的頁數幾乎跟文字的頁數一樣。整部作品的插畫都由大坂的繪師岡田玉山負責，玉山在這部作品裡，畫了近九百幅充滿動感的跨頁插畫。在這一節裡，我特別選出七幅（本書的七十九頁至八十二頁）。看到這些插畫並列，我覺得似乎看到了劇畫的原點。玉山的插畫對江戶的山東京傳、葛飾北齋、歌川國芳等人也造成了極大的影響。

可惜，這部作品因為太受歡迎，最終變成幕府的眼中釘，並於一八〇四年（文化元年）下令禁止出版。直到五十多年之後，也就是幕府末期的一八五九年（安政六年），幕府才頒發了《繪本太閤記》的再版許可。

藤吉郎首戰成名

藤吉郎任普請奉行（「普請奉行」是江戶幕府的職位名稱，專門負責監督、執行武家的土木建設工程）

今川義元戰死沙場

義昭公將軍下旨，信長卿任官

信長火燒比叡山

加藤清正斬殺木山彈正之圖

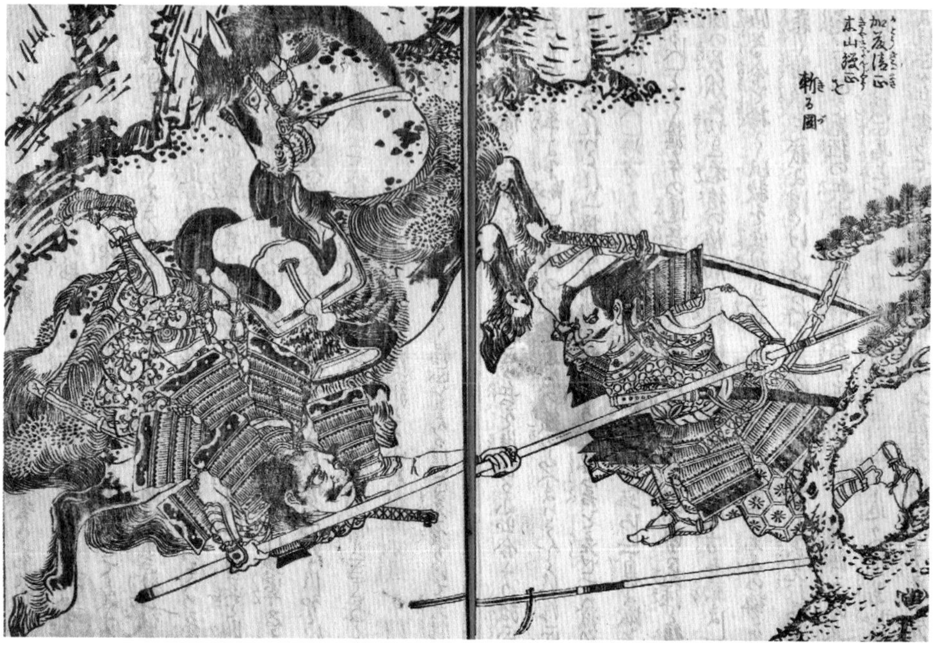

淀君驚見鏡中憔悴面容之圖

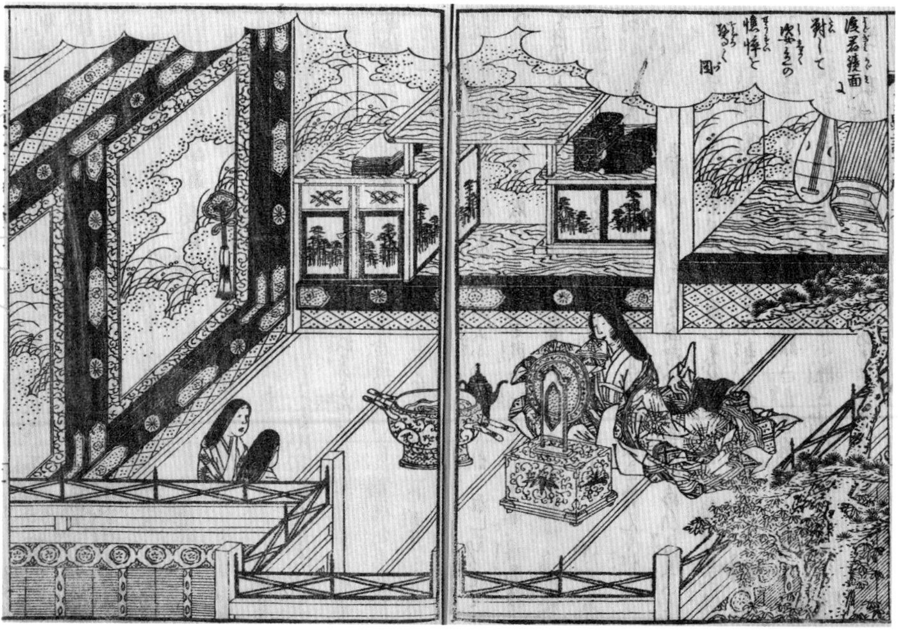

後期讀本的第一部作品，在江戶開啟了新時代，作者為山東京傳

《忠臣水滸傳》

這部在江戶出版的《忠臣水滸傳》，全部共十冊，分前編與後編兩部分。前編的五卷五冊於一七九九年（寬政十一年）發行，也就是前一頁介紹的《繪本太閤記》的初編發行兩年之後。後編的五卷五冊於一八〇一年（享和元年）出版。這部作品是為江戶讀本開啟新時代的重要著作。

作者山東京傳是江戶的町人，出版這部作品時，他已是著名的流行作家，當時在江戶的寫作者數量大增，文學界進入作品質量和作家特性激烈競爭的時代。京傳算是領先群雄的佼佼者。

山東京傳出生於江戶的深川，是一家當鋪的長子。他的弟弟是作家山東京山。京傳生來具有繪畫天分，曾拜浮世繪師北尾重政學畫，後來更以「北尾政演」的筆名為出版社繪製插畫。之後，京傳作為黃表紙和洒落本（**江戶中期描寫青樓玩樂內容的通俗小說**）的作家，不僅充分發揮了文采，更在文學界綻放光芒。但是誰也沒有想到，由於幕府實行寬政改革，京傳發表的洒落本竟在

一七九一年（寬政三年）被判為禁書，京傳也受到處罰，必須戴銬在家閉門思過五十天。京傳深受打擊，對幕府的監視深感恐懼，為了避免今後再度惹禍，他開始摸索其他創作模式。

京傳最終在讀本類當中找到了新活路，這部《忠臣水滸傳》就是他將讀本成功轉型的作品，也是京傳發表的第一部讀本，書中的插畫由北尾重政負責。《忠臣水滸傳》因而成為改變讀本流行風潮的重要著作。多才多藝的京傳不僅展示出卓越的創作力，也讓大家看到他足智多謀的一面。

《忠臣水滸傳》的故事內容是將《假名手本忠臣藏》和中國的長篇白話小說《水滸傳》混合而成，前者在日本曾被改編為人形淨琉璃和歌舞伎而搬上舞台。《忠臣水滸傳》出版後頗受讀者好評，之後，以復仇故事為主題的讀本開始廣為流行。

京傳對這部作品的幀裝訂設計也花費了一番心血，書本的大小從以往的「大本」（摺頁線裝書的書頁尺寸約為現代B5紙的大小）改為「半紙本」（尺寸約為現代A6紙的大小）。書中還增加了卷頭插畫，在敘述故事之前，先用漂亮的圖片介紹重要人物，以使便讀者更容易理解長篇故事裡的複雜人物關係。

京傳以這部作品展示了讀本的新典型，不僅對其他的作家造成影響，也引燃了江戶的讀本熱。《忠臣水滸傳》因而成為一部開創新世紀的作品，之後，人們便以這部作品為分界點，之前的著作稱為「前期讀本」，之後的著作稱為「後期讀本」。

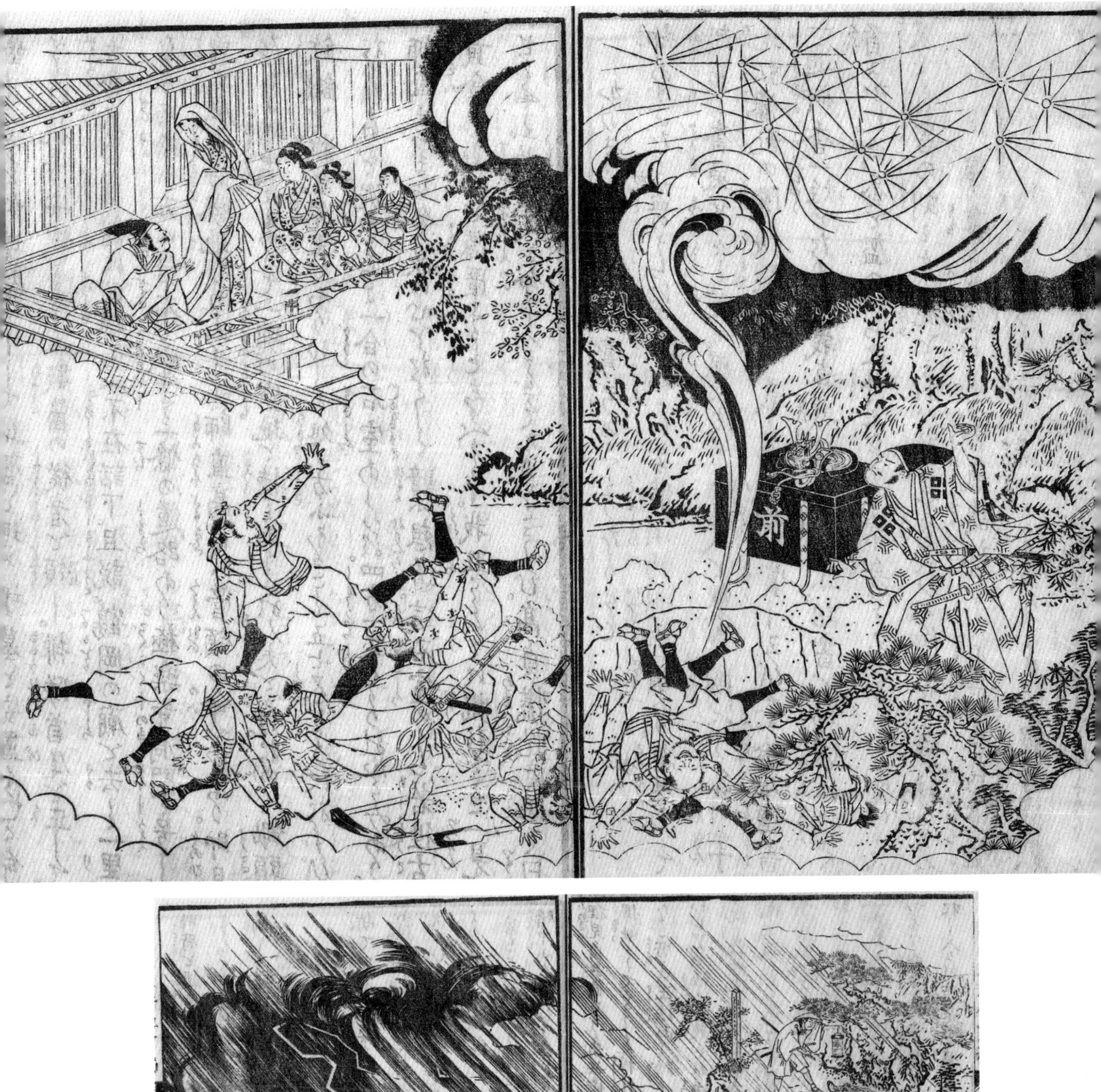

馬琴筆下重重怨恨糾纏不已的累物。充滿妖冶氣氛的北齋插畫全是極品

《新累解脫物語》

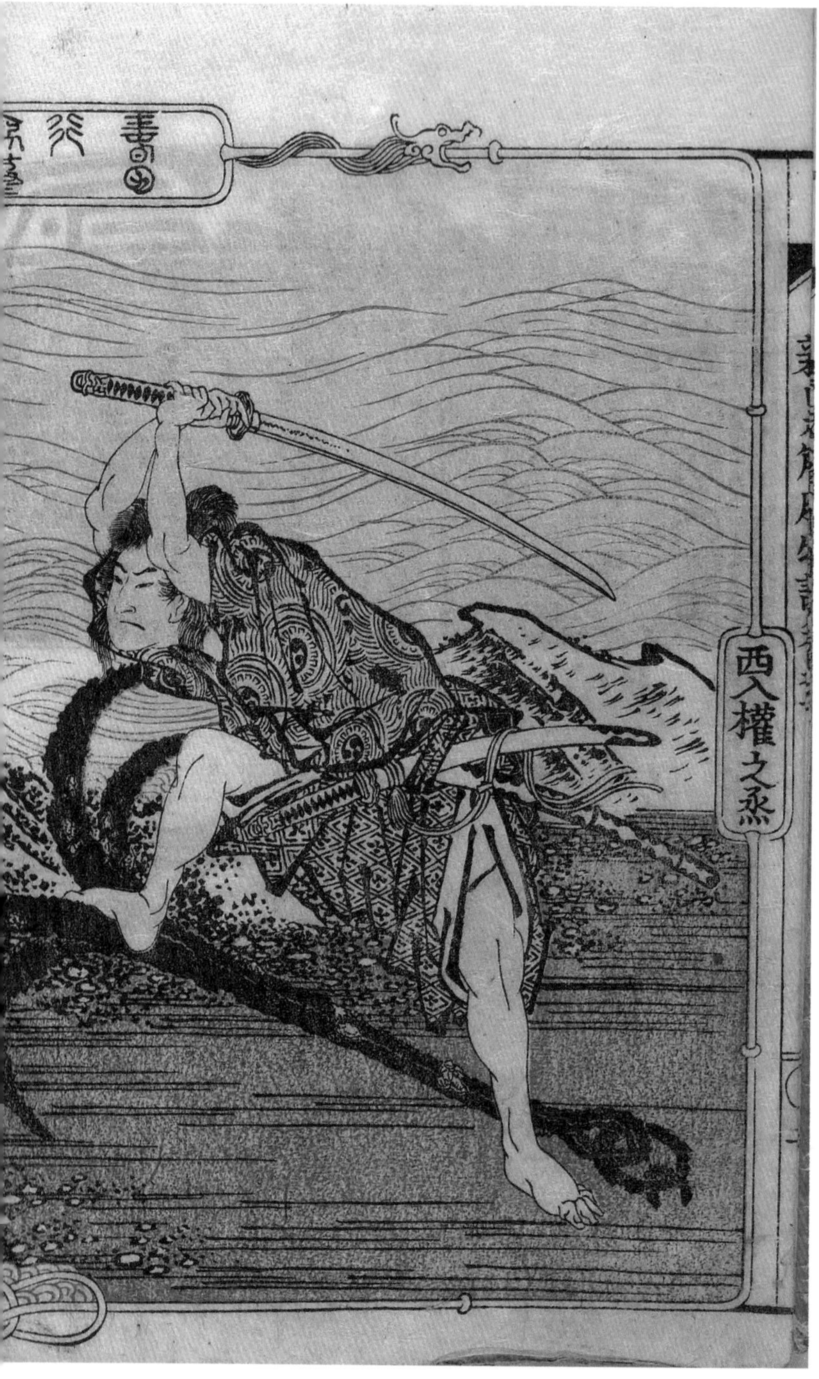

被丈夫殺害的阿累變成冤魂後，不斷作怪騷擾丈夫全家，後來有一位祐天上人聽說這件事，便為阿累超度，讓她的怨靈獲得解脫……。這部作品是馬琴根據下總國(現在的千葉縣北部)羽生村累之淵的傳說故事改寫而成的新物語。左邊這幅插畫則是北齋把故事的部分內容用圖象表現出來。田糸姬的冤魂被畫成洶湧的波濤。八十八頁的插畫裡，曾經遭受丈夫殘暴虐待的珠雞佇立在河邊，四處游移的鬼火顯示她心底的怨火正在燃燒。

《忠臣水滸傳》出版後獲得好評，山東京傳深感欣慰，之後便開始認真努力地創作讀本，緊接《忠臣水滸傳》之後，一連發表了幾部長篇作品，如《安積沼》、《優曇華物語》、《善知安方忠義傳》等。這一節介紹的《新累解脫物語》是曲亭馬琴的作品。馬琴當時也正在挑戰長篇讀本，還把長篇讀本視為自己今後努力的方向。文化年間（一八〇四年—一八一八年），後期讀本以山東京傳和曲亭馬琴兩位大師為中心，在江戶掀起了狂熱的流行風潮。

但是沒過多久，馬琴的讀本獲得的好評漸漸超過了京傳。《椿說弓張月》的出版獲得盛大成果之後，馬琴又陸續發表了許多雅俗共賞又內容有趣的長篇作品。最後，馬琴終於獲得大眾的認可，認為他才是最偉大的讀本作家。馬琴創作的《南總里見八犬傳》（請參照第二章）可說是他的畢生偉業。這部作品剛問世不久，京傳就看出自己已經追不上馬琴，所以決定斷然放棄讀本，而把寫作重心轉向合卷、考證隨筆等。

至於讀本的插畫，曾與馬琴合作的葛飾北齋可說是其中的佼佼者。當時的讀本跟現代以文字為主體的小說不同，穿插在文字之間的跨頁插畫是書中必不可少的要素。因為插畫能讓各階層的讀者經由視覺刺激迅速地融入故事，所以擔負著極為重要的任務。插畫如果有吸引力，新書的發行數量或租書販的租出次數都將隨之增加。所以說，出版社和讀本作家選擇合作的繪師時，必須考慮相互的信賴關係、預算（插畫的稿費）、作品的評價等，信賴關係是指繪師與作家的性格是否相合，是否理解作品內容……總之，選擇繪師是非常重要的事情。

也因此，有實力的繪師當然就會稿約不斷。而北齋更因為作品的質量好，有人氣，所以特別受歡迎。接下來我會介紹三部北齋負責繪圖的作品，請各位細細欣賞北齋的插畫世界。

《新累解脫物語》全書共五卷五冊，作者是曲亭馬琴。一八〇七年（文化四年）的正月出版。另外，馬琴的代表作《椿說弓張月》的前編六卷六冊，也是北齋擔任插畫，而且也在同年的正月出版。

這段時期，馬琴跟北齋合作完成了許多作品。前一年，北齋乾脆搬到馬琴家裡，住了大約四個月。《新累解脫物語》就是兩位天才大師在這段時期互相切磋的傑作。

值得一提的是，這部作品並沒有交給江戶的出版社發行，而是由大坂一家叫做河內屋太助的出版社負責出版事宜。馬琴在一八〇二年（享和二年）曾到上方旅遊。在那次旅途中，他跟這家出版社相識，也因為這層關係，河內屋太助才會拜託馬琴執筆。他把許多跟累之淵傳說有關的書籍交給馬琴，研究參考。後來馬琴就根據這個傳說寫成了這部作品。北齋細心閱讀重重怨恨糾纏不已的馬琴版「累物」之後，利用淡墨製造效果，繪成了畫風穩重的插畫。

（累物：江戶時代的醜女阿累被丈夫殺害後變成冤魂，附身在別的女人身上向丈夫復仇。阿累的故事曾被改編為小說、落語、歌舞劇等，以各種形式呈現在大眾面前。之後，以阿累的冤魂復仇為主題的文藝作品總稱為「累物」。）

夢中訴冤情

畫面左邊的男人是石濱城主千葉正胤。這幅插畫裡，被人刺殺的山梨印幡的靈魂出現在正胤的夢裡。印幡跪在正胤的枕畔，北齋故意把他畫成骸骨的模樣。畫面的右上方寫著「夢中訴冤情」，意思是指「印幡來到正胤的夢中訴說自己的冤情」。印幡那顆看起來像骷髏似的腦袋令人生出憐憫之情，他望著自己的主君正胤，眼神雖然怯懦卻充滿怒氣。北齋用細筆畫出的雙眼中，清晰地傳遞出印幡心底悲壯的決定，他覺得自己必須把真相告訴主君。所謂的冤情，是指正胤的家臣西入權之丞的惡行，以及他的小妾苧績的詭計。正胤聽完印幡的報告，便把苧績送回她的老家羽生村。住在羽生村的与右衛門原本就對苧績懷恨在心，聽說苧績回到村中，便設計想要謀害她，不料執行計畫時一不小心，誤把自己的妻子阿累殺死了。苧績逃過一死，心不甘情不願地嫁給与右衛門，婚後生了一個女孩，叫做佐久。那些已被殺害的冤魂，並不肯就此罷休……馬琴把因果報應、輪迴轉世之類的佛教理念深植在故事的底層，每個角色所懷抱的怨恨，彼此複雜交疊，最後經過作者綿密細緻地組織後，終於組成一部多重結構的神怪故事。

海藻蟲

變成冤魂的阿累、珠雞、田系姬、山梨印幡等人，一起施力讓与右衛門與苧績的女兒佐久的膝上長出恐怖的人面瘡。村裡的居民雖然舉行了誦經念佛一百萬遍的法事，那些發狂的冤魂卻把村民的數珠變成長蛇，又使人面瘡噴出毒氣。之後，与右衛門看到每個村民的臉孔都變成阿累的臉孔，苧績發狂而亡……。北齋採用俯瞰的視角繪成的這幅跨頁插畫裡，故事中一連發生的奇異現象與苧績的慘狀，全被塞進同一個畫面。北齋完美地運用充滿妖氣的粗獷線條，就連紙門上的詭異陰影，也花費了一番心思進行鋪排。雖說這種過於擁擠的畫面有點令人抗拒，但北齋為了完成精心設計的構圖而不顧一切向前衝的超強服務精神，正是北齋流讀本插畫的真正價值吧。

描寫心情的傑作。北齋插畫躍然紙上

《小栗外傳》

跟葛飾北齋合作過的讀本作家不只曲亭馬琴。本節介紹的《小栗外傳》，作者是名為小枝繁的武士。由於書名上還有副題「寒燈夜話」，所以這部作品也稱做《寒燈夜話　小栗外傳》。

這部小說是半紙本大小的長篇，共十五冊，插畫全由北齋負責。當時雖有很多讀本作者都親自繪製的草圖，這部作品的作者並無特別的要求，

所以北齋才能完全展露最拿手的劇畫式靈活表現，因為從插畫中能感受到繪師的詮釋受到尊重，享有充分發揮的自由。

初編共六卷六冊，於一八一三年（文化十年）正月發行，二編共四卷四冊，於第二年的正月發行，三編共五卷五冊，於第三年的正月發行。

內容是根據虛構的戰爭故事《小栗實記》（一七三五年〔享保二十年〕發行，全部十二冊）為藍本改寫而成。《小栗實記》是根據史實編寫的傳記，講述小栗助重（小栗判官）與照手姬的傳說，的出版時間比號稱讀本起源的《英草紙》（請參照六十四頁）還早，算是讀本史開啟篇章之前的長篇小說吧。

小枝繁發表過很多讀本，幾乎是他所有作品的絕大部分。代表作除了這部《小栗外傳》之外，還有《景清外傳》（一八一七—一八一八年〔文化十四—十五年〕發行，全部十五冊）。有關小枝繁的背景不甚明確，只知他是擅長擊劍與長槍的武士，很喜歡寫作，對日本和中國的小說特別感興趣，所以自己也動手創作讀本。

筑波山麓下　助重降伏風間兄弟

小四郎意外救女主

小枝繁受到京傳和馬琴的讀本影響很深，作品裡經常可以看到他模仿兩位大師的創作手法。因此一般人很容易把他看成是「普通的主力寫手」，但事實上，他在處理內容複雜的長篇讀本時，技巧十分紮實穩練。對於人物的心境，也非常細膩深入。一般來說，勸善懲惡的故事人物很容易兩極化，不是好人就是壞人，但小枝繁的作品卻看不到這種缺點，他總是深入探討每個角色的內心起伏。其實人類的內心原本就不單純。小枝繁對於糾葛與悔恨之類的人性描寫，也讓我們發現他身為作家的特長。

萬長說服照手姬入火坑

照手姬從瀨戶橋跳河自盡（前頁插畫）。人販子美登小四郎救起照手姬之後，把她賣給另一個人販子小鷹。不久，小四郎發現照手姬是自己的主君後，自殺身亡。小鷹後來把照手姬賣給美濃國青墓宿的旅店老闆萬長。萬長想讓照手姬在店裡當妓女，照手姬堅決不肯，心懷不甘的萬長便故意為難照手姬，叫她去當女傭……照手姬該怎麼辦呢？這是個充滿緊迫氣氛的場景，北齋沒有草草表現照手姬所處的艱辛狀況。由於萬長是靠青墓宿旅館裡的衆多妓女而發財致富，北齋便用畫筆刻意展示旅館裡的豪華日常。畫面中，他採用遠近法驚人地表現出景深，令人感受到繪師充滿玩興與挑戰性的意圖。畫中人物的動作都那麼自然，就像是「立版古」（江戶至明治時期流行的玩具繪，屬於浮世繪的一種。專供孩童賞玩）呈現立體感，令人無法不對北齋的功力。且在北齋的畫筆下，旅館的日常風景竟顯得如此戲劇性。然而，照手姬的命運究竟如何？「火坑」是佛教用語，意思是「地獄裡的火洞」。

万長照天の
姫を誂て
火坑に
沈んとも

描繪釋迦牟尼一生的讀本。八十六歲的北齋在插畫裡展現了令人驚異的筆觸

《釋迦御一代記圖會》

葛飾北齋把全副精神專注於讀本插畫是在文化年間（一八〇四－一八一八年）。這段時間也是後期讀本在江戶掀起狂熱的時期。北齋曾為一百九十冊讀本繪製插畫，完成的跨頁插畫總數超過一千張。

北齋的讀本插畫不僅在數量上令人讚嘆，品質也遙遙領先其他同業。他為了闡釋作品，所以想出極具獨創性的白描畫法，這種畫法也對其他繪師造成衝擊和深遠影響。文化元年，北齋滿四十五歲，從這時一直到五十歲後半，他把全副精神傾注在讀本的插畫，以區區一名繪師的身分在江戶掀起後期讀本熱潮。

然而，北齋跟常年合作的馬琴卻在文化九年分道揚鑣。兩位大師雖然認可對方的才能，但兩人都是我行我素的頑固之人。據說原因是北齋激烈反對馬琴對插畫的指示，兩人大吵一架之後，決定解除合作關係。這種說法至今仍在民間流傳。馬琴的代表作《南總里見八犬傳》初編在更換合作的繪師之後，於一八一四年（文化十一年）發行。在同一年，名古屋的出版社幫北齋出版了世界馳名的繪手本（畫帖）《北齋漫畫》。此後，北齋逐漸遠離讀本插畫界，而開始轉向繪畫界發展，譬如像繪手本或《富嶽三十六景》之類的錦繪，都變成他的工作重心。

《釋迦御一代記圖會》共有六卷六冊，插畫全都是北齋晚年的作品。出版於一八四五年（弘化二年），北齋滿八十六歲。這幅插畫不僅氣勢懾人，繪師還把橫向的跨頁變成縱向來描繪魔鬼。可見北齋的靈感絲毫沒有衰減，甚至比從前更

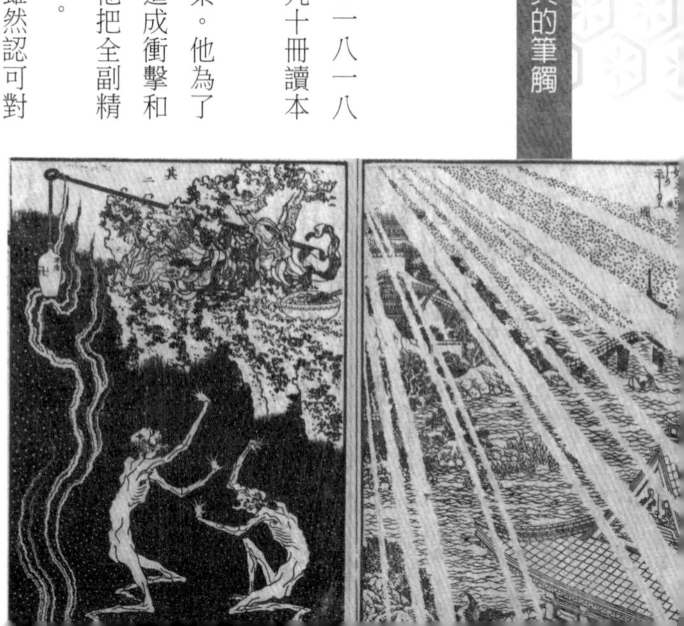

如來三冥土給示圖

右圖是光明普降的極樂淨土，左圖是地獄。地獄共有十六層，每層又分為八個小地獄，每一處都有罪人與惡鬼正在受苦。畫中兩名罪人後來得釋迦牟尼拯救。上方的惡鬼用棍子吊著酒瓶，放在地獄之火中燙酒。北齋用畫筆讓幽默感與地獄圖共存。

具創造性。這部作品採用「大本」的大型尺寸，北齋總共繪製了三十五幅插畫。

全書正如書名所示，是以釋迦牟尼一生為主題的佛書，總共收集了五十五篇故事。編纂者是大坂人山田意齋，他也是有名的淨琉璃與讀本作家。意齋在這部作品發行後第二年去世，享年五十九歲。

書中刊載了三十五幅插畫，畫面裡充滿北齋流的活力，打破以往的佛畫慣例。只有黑色線條構成的雕版插畫，不僅超越了佛書和讀本的固有框架，也向讀者展示了白描畫的極限。

八面九足惡鬼　試探悉達太子並授四偈句圖

悉達太子（釋迦牟尼）在山中修行時，忽然聽見有人唱道：「諸行無常，是生滅法。」他循著聲音前進，眼前突然出現八面九足的惡鬼。太子向惡鬼請求：「請告訴我下面的句子。」惡鬼說：「讓我把你吃掉，我就告訴你。」太子聽了立刻跳進惡鬼的嘴裡。這個惡鬼其實是毘盧遮那佛（大日如來）。

天雷懲暴惡流離王　燒王宮殺君臣之圖

殘暴的流離王跟臣子整天耽溺在酒池肉林享樂。一日，天空突然湧現烏雲，狂風暴雨撲打而來。眾人正不知往哪裡躲避，只見千百道雷光閃電從天而降，把在場的君臣全部劈死，宮殿也被天火燒成了灰燼。北齋根據自己的想像闡釋這段故事，並用畫筆描繪出惡人遭受懲罰的景象。畫中騎著靈獸的雷神形象威嚴壯麗，一圈圈漩渦將萬物捲入黑暗世界，看起來十分壯觀。

第四章　合卷就是不分格的連環漫畫？

柳亭種彥（著）與歌川國貞（畫）的著名搭檔推出合卷最高傑作

《偐紫田舎源氏》
《鹿兒島名譽仇討》
《朧月貓草紙》

《偐紫田舎源氏》

讀本起源於上方，以「雅」為重的高尚讀物。之後，雅俗共賞的江戶讀本掀起熱潮，同時合卷也開始流行。在第四章，我將以合卷中最有名的暢銷作《偐紫田舎源氏》為解說重心，此外，還要介紹兩部合卷名著。

所謂的合卷究竟是怎樣的讀物呢？簡單地說，合卷跟讀本一樣，也是長篇讀物，但內容的編排形式卻跟文字和插畫分別印在不同書頁上的讀本不同。

合卷是一種草雙紙。草雙紙最早起源於「赤本」，書頁如左頁上方圖片所示，在跨頁插畫中，本文的文字與出場人物的對白全都擠在畫面上空白處。由於是把文字與圖畫合為一體來進行敘事，這類讀物也可稱為「成人的繪本」，但在形式上應該更接近漫畫吧。這種只用黑色線條繪製的白描畫，雖然沒有分格，卻令人聯想到漫畫或劇畫的起源。

合卷跟其他種類的草雙紙有什麼不同呢？如名稱所示，合卷是把幾卷讀物「合訂為一卷」。以往的草雙紙每冊有五丁（「一丁」是指一張紙對摺後變成兩頁），後來出版社在企劃長篇作品的出版時，想到可以採用數冊合訂成一冊的方式印行。事實上，《偐紫田舎源氏》之後，還有很多超長篇作品相繼出版，這些讀物即使採用合訂方式，也還無法完結，但包括《偐紫田舎源氏》在內，這些超長篇著作都被稱為合卷。書頁通常是採用

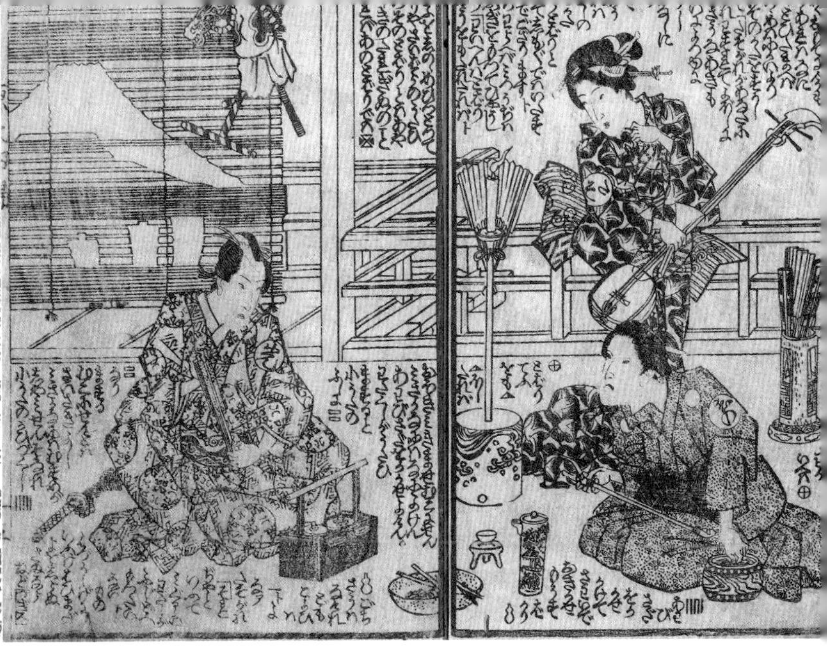

↑男主角足利光氏

中本尺寸（約十九公分乘十三公分），比大本的讀本稍微小一些。

合卷通常是以整幅的跨頁插畫講述故事，因此「俗」的成分高於讀本。另一方面，大眾也認為合卷是娛樂性較強的讀物。合卷因此深受社會各階層人士的喜愛。江戶後期，大量的合卷新作相繼問世。

《偐紫田舍源氏》可說是合卷的最佳傑作，也是最有名的暢銷作。作者是旗本的柳亭種彥，他寫這部作品時，已經發表過其他讀本與合卷。插畫由歌川國貞負責，故事內容則根據《源氏物語》改寫而成，初編於一八二九年（文政十二年）正月發行。新書剛問世就獲得廣大讀者的好評。所以同年九月，又很快地連續出版了二編、三編。直到一八四二年（天保十三年），這部作品總共出版了三十八編。之後，由於天保改革，《偐紫田舍源氏》被迫停止發行，最終成為一部未完的作品。

錦繪

一八五二年（嘉永五年）出版。這幅〈稚嫩猶存鶯啼聲〉是《偐紫田舍源氏》裡的一個場景。主角足利光氏，就是《源氏物語》裡的英俊貴族公子光源氏。光氏受到衆多讀者熱愛，還有很多以他為主題的錦繪出版，他的故事也被搬上了歌舞伎舞台。

柳亭種彥創造的光氏世界

將軍足利義正與愛妾花桐生了一個男孩，乳名叫做次郎君。次郎君十三歲那年，父親宣布他的正式名字叫做光氏。故事的時代背景從《源氏物語》的平安時代改為室町時代。

足利義正是以室町幕府第八代將軍足利義政為藍本而設定的重要角色。這部作品雖是根據《源氏物語》改寫而成，但內容並不僅限於光氏的風流豔事，為了迎合大眾的趣味，作者巧妙地加入室町時代的家族糾紛、三種寶物爭奪戰等各種錯綜奔放的故事情節。不僅如此，內容高潮迭起，始終無法走向結局，字裡行間還不時摻雜一些絲毫不遜於讀本的知性要素與歌舞伎色彩。書名《偐紫田舍源氏》的「偐」雖是「虛構」之意，但是格調高雅，文字優美，而且情節有趣，堪稱是超越《源氏物語》仿作的高水準長篇合卷著作。顯然作者柳亭種彥具備了難得的文學才能與吸收能力。

柳亭種彥出生在年俸兩百俵（**江戶時代的一俵約為三十公斤**）的旗本家庭，接受文化、藝術、宗教等各方面的學識教育之後，成為家族的繼承者。柳亭家在武士家族當中只算是中下等級。但他的成長時期正好是江戶的太平盛世，所以他不僅喜歡歌舞伎，也對文學很感興趣，曾在號稱狂歌三大家之一的唐衣橘洲的門下當弟子，也曾拜師學習俳諧、漢畫（中國畫），元祿時期的近松門左衛門也令他非常崇拜。種彥的興趣後來轉向通俗小說，並開始創作讀本。種彥最初是參考山東京傳、曲亭馬琴的讀本，寫了很多作品，而且也陸續出版，但卻沒有一本獲得好評。於是他放棄讀本的寫作，把全副精神都

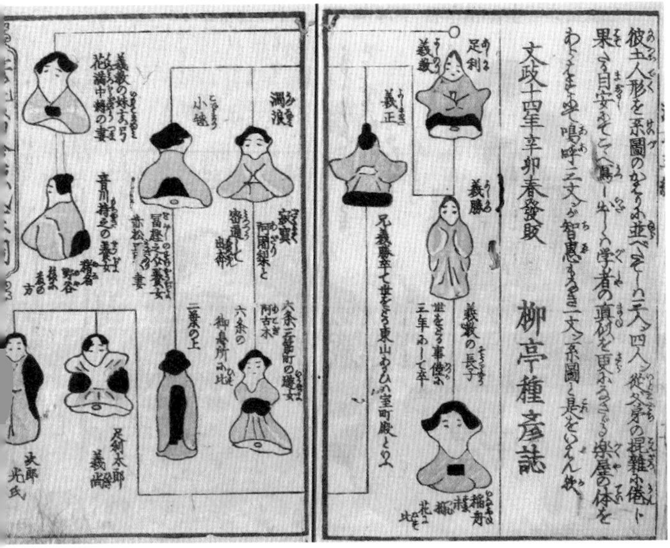

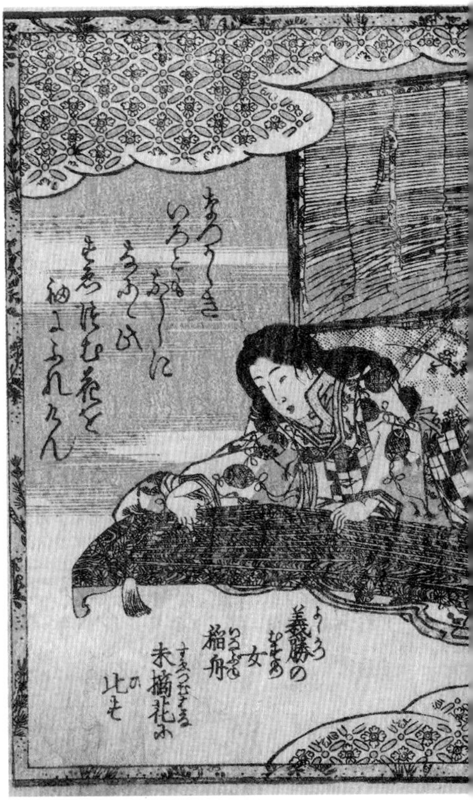

轉向合卷。因為他自認頗有繪畫天分，以大眾為對象的寫作比較適合自己的性格。另一方面，由於大部分讀本都具有中國色彩，所以種彥決定以日本的古典文學和歌舞伎等題材來展現自己的特長。

事實證明，種彥改換跑道的決定十分正確，他後來創作的合卷作品獲得了讀者的好評。尤其是其中的《正本製》（一八一五—一八三一〔文化十二年—天保二年〕發行，全部十二編六十九冊），如同把歌舞伎舞台變成了合卷，插畫是由當時的人氣繪師歌川國貞負責，種彥跟國貞組成的搭檔立刻使這部作品變成暢銷作。一八二九年（文政十二年），種彥開始發表《修紫田舍源氏》，眨眼之間，這部小說就變成當時最受歡迎的讀物。插

光氏雖是虛構人物，但卻像偶像明星般受人喜愛。江戶庶民就算沒聽過《源氏物語》裡的光源氏，卻都對光氏耳熟能詳。畫中彈琴的美女叫做稻船（《源氏物語》裡的「末摘花」），是足利義正的哥哥義勝的女兒。這裡提到的四人，都可以在上面的關係圖裡找到他們。英俊的光氏在故事裡遇到了無數美女，後來因為陷入家族糾紛而奮發圖強。

刊載在第五編卷頭的「修紫田舍源氏關係圖」。重要角色都被圖像化成為泥偶。因為種彥認為，只以文字介紹人物關係，讀者一定看不懂，所以把人物化作泥偶排列在書桌上，然後再畫在紙上。從這張插畫可以感受種彥流服務精神——為了不讓讀者覺得內容枯燥而做的努力。

畫仍然由國貞負責。由於作家跟繪師都是歌舞伎的粉絲，兩人意氣相投，而且很有默契，國貞總是能從文字中看出種彥想要表現的抒情部分，然後配上唯美式插畫。

然而，十四年後的一八四二年（天保十三年），幕府開始進行天保改革，這部作品遭到禁止發行的處分，因為幕府懷疑作者在作品裡影射將軍德川家齊和大奧的生活。種彥受到處分後一個月就離開人世。關於他的死因，至今仍有兩種傳說，一說他是病死，另一說則指他是切腹自殺。

圖文合一

合卷或讀本向來都以文字與插畫配套進行製作。插畫絕不粗製濫造，通常都聘請有名的浮世繪師負責。因為插畫對作品的銷路會產生極大影響，所以非常重要。《修紫田舍源氏》能獲得成功，歌川國貞可說功不可沒，因為他包辦全書數量可觀的插畫。值得一提的是，讀本或合卷的插畫草圖通常由作者親自繪製。譬如作家兼繪師的山東京傳、具繪畫天分的種彥，就比其他只能靠文采取勝的作家更勝一籌。在這部作品裡，國貞收到種彥細心描繪的草圖後，用畫筆沾上飄浮在字裡行間的微妙色彩，然後畫成一幅幅感情洋溢又風情萬種的插畫。左頁上方的插畫，文字密密麻麻地擠在畫面空白處，幾乎找不到一絲空隙。下方的插畫則故意畫成翻到下一頁的模樣，就像分格漫畫般改變場景。

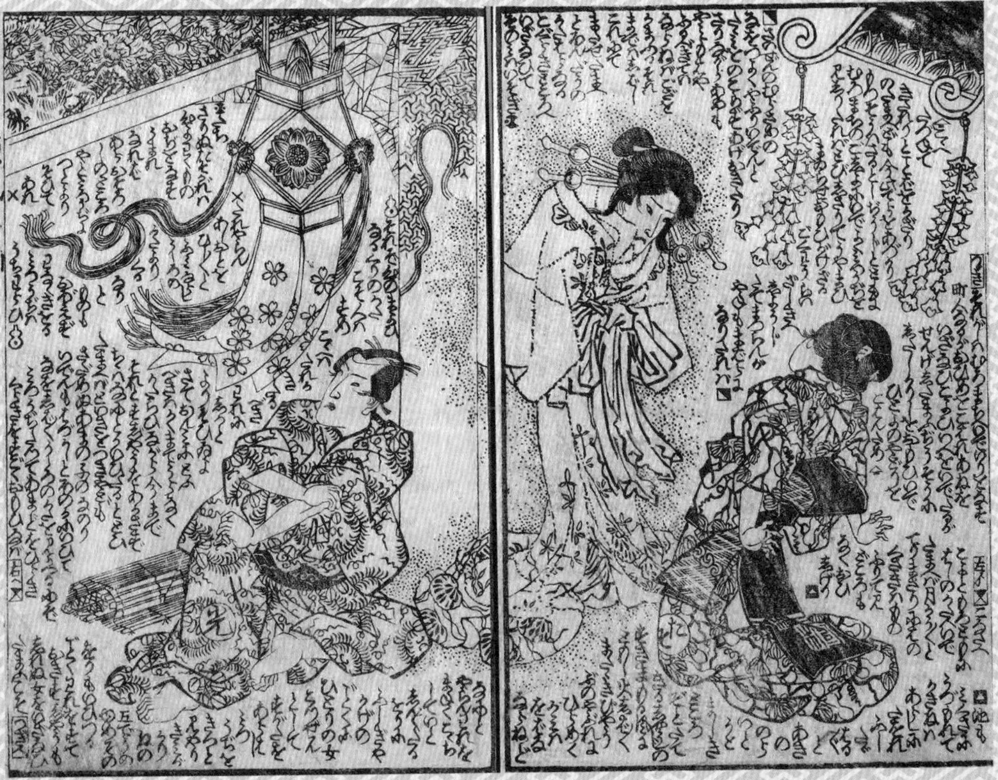

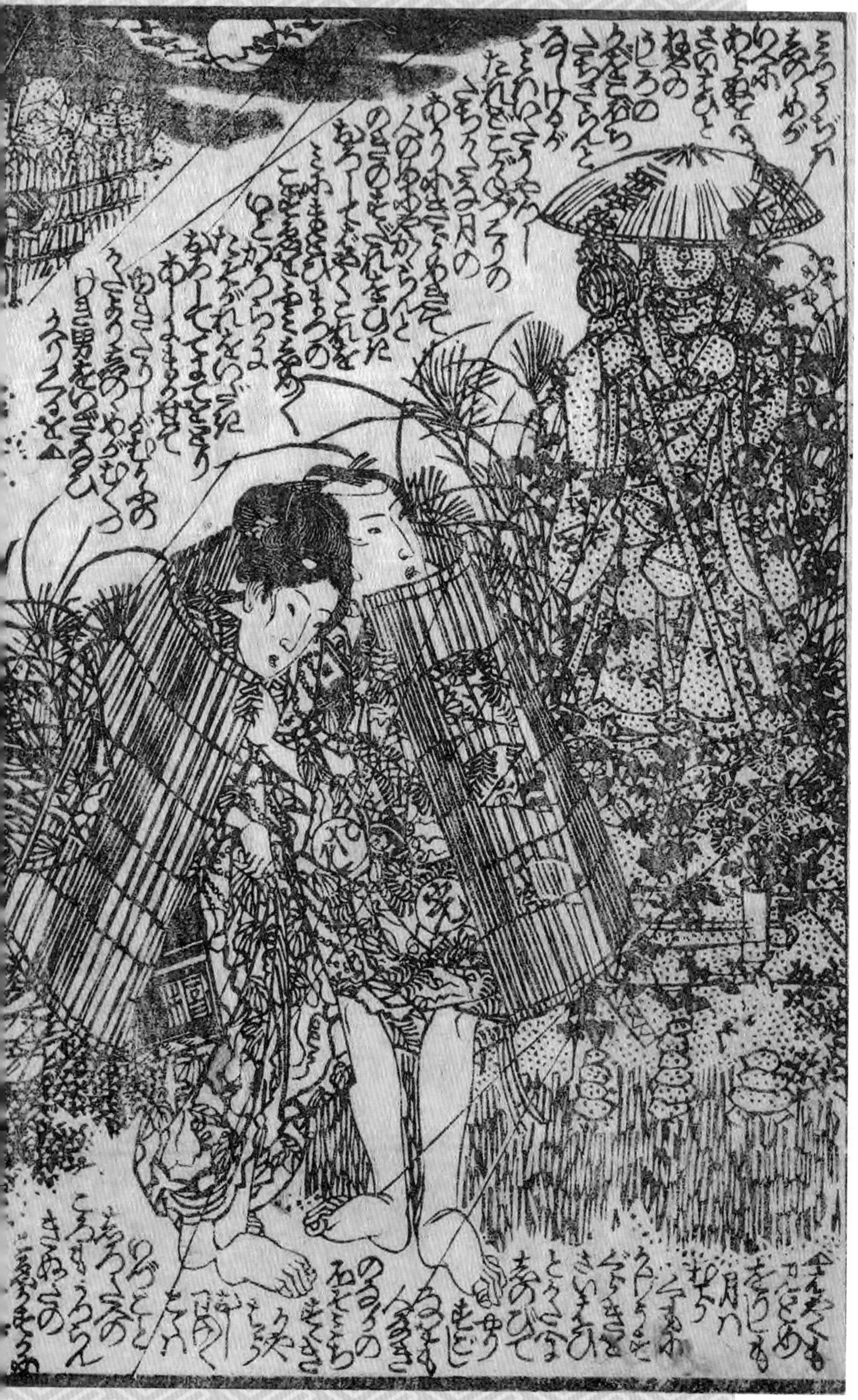

難以忘懷的著名場景

光氏奪回將軍家的寶刀後，帶著凌晨的女兒黃昏踏上旅途。光氏擔心黃金鑄造的寶刀在月光下閃爍金光，會引起旁人注意，兩人便以竹簾裹身鑽進原野的小徑，撥開滿地的芒草向前邁進……突然，天空降下陣雨。這時，光氏看到路旁戴著斗笠的地藏菩薩，便取下斗笠，不料竟看到上面寫著兩行字：「二世安樂」、「同行二人」。光氏告訴黃昏：「這表示我們不但這輩子會在一起，下輩子也會歡歡喜喜地在一起。」說著，兩人冒雨走向古廟……插畫左上方可以看到古廟的大門。右邊畫著卵塔場（墓地）。劇情發展出人意料，兩人在古廟裡碰到女鬼……這幅插畫展現的鏡頭到後來古廟發生慘劇之間的情節，是這部長篇小說中，讓讀者印象深刻的著名場景。後來改編為歌舞伎後，這段演出也獲得觀眾最多的喝采；後來甚至改編為舞踏劇。

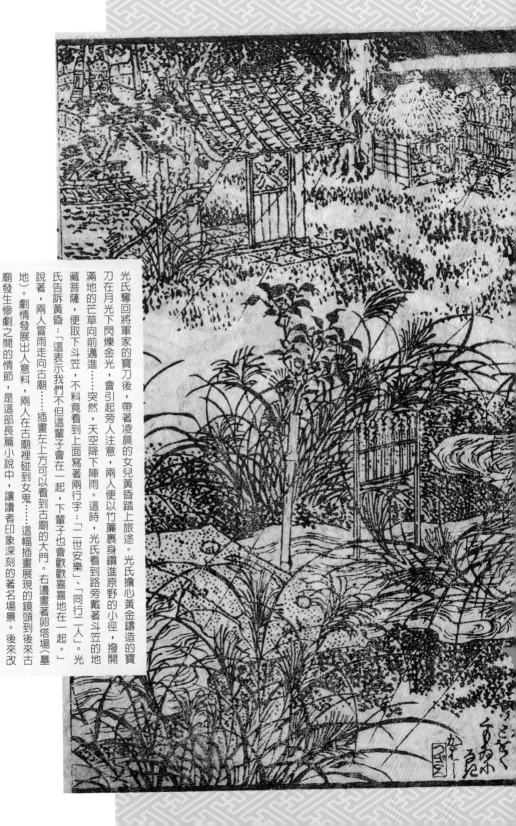

十三編的上冊・下冊

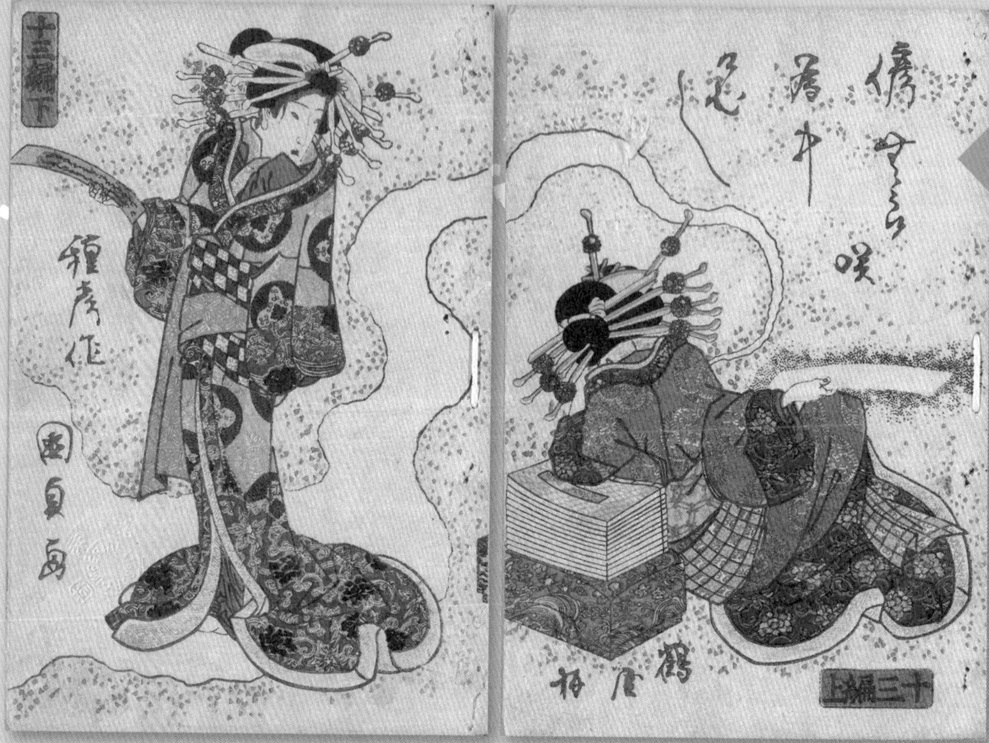

各編分為上冊與下冊，每冊的封面都採用錦繪一般美麗的套色印刷。
封面也是由歌川國貞負責繪製。上下冊的封面可單獨欣賞，也可把上下冊連成一幅來欣賞。

十八編的上冊・下冊

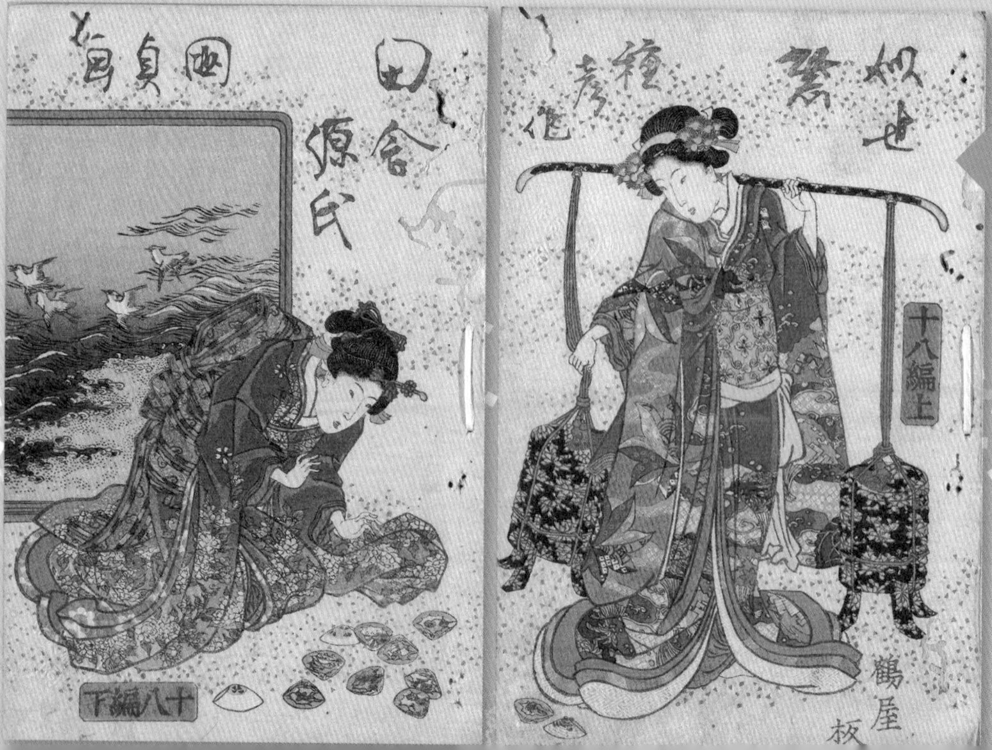

二十三編的上冊・下冊

各編上冊與下冊的彩色封面都能構成相連的畫面

十九編的上冊・下冊

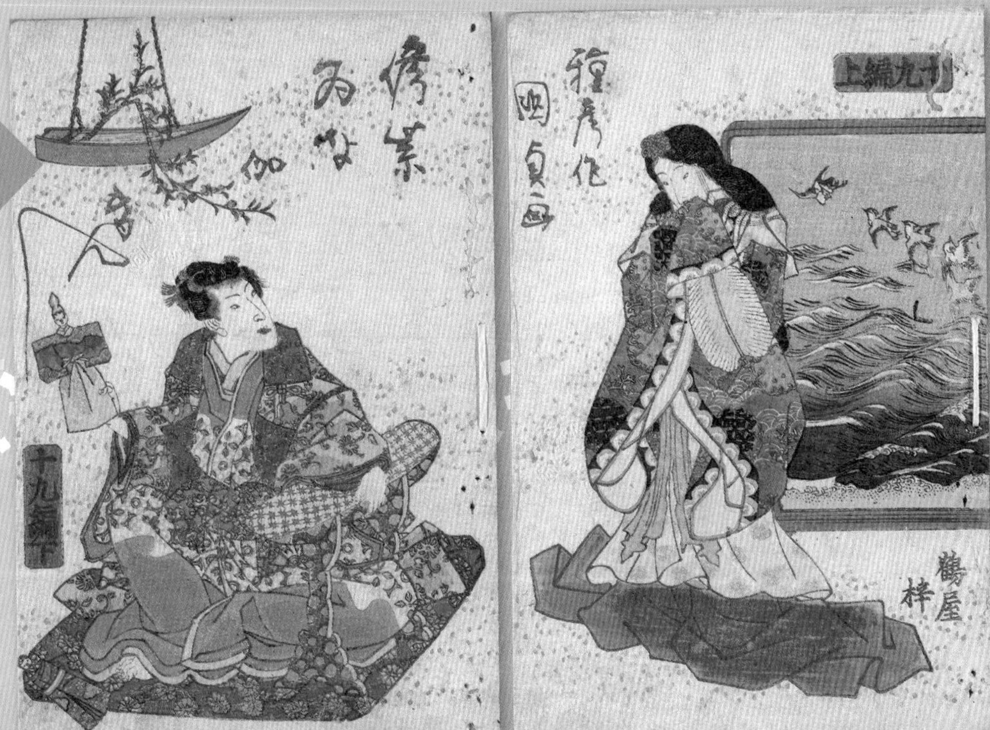

柳亭種彥的草圖

種彥為《修紫田舍源氏》繪製的草圖（稿本）一直保存至今，所以可以把他的草圖跟雕版畫進行有趣的比對。草圖的構圖非常簡潔，線條也很柔和。輕快的筆觸顯然出自專業之手，可感受到種彥的繪畫天分。一般來說，作者會用紅筆寫下給繪師的指示，種彥的草圖裡也寫了很多紅字。由於他學識淵博，所以對繪師的要求也寫得十分詳細，譬如每個人物的衣服上都畫著圓圈，圈裡寫著那個人姓名當中的一個漢字，在雕版畫上也能看到。這是當時流行的成規，目的是讓讀者易於掌握故事裡的人物。且由於作者與繪師都是歌舞伎通，所以很多插畫都令人感覺像在欣賞歌舞伎的演出。

草圖

雕版畫

草圖

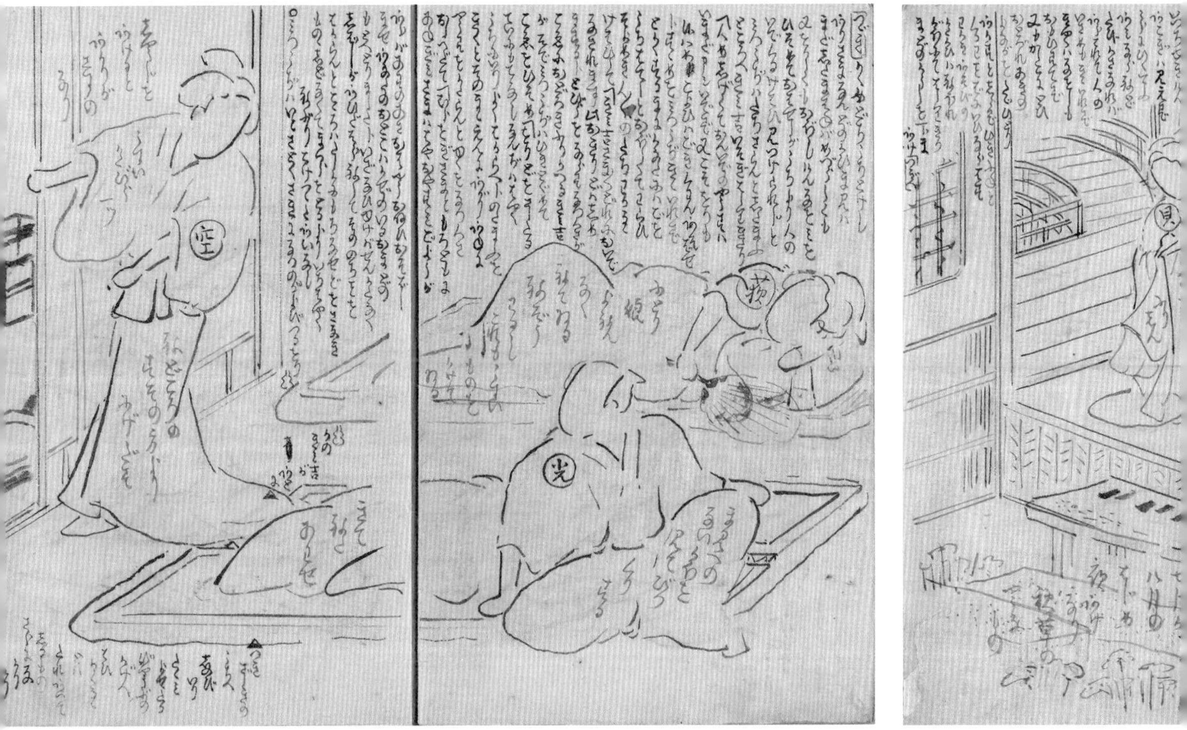

雕版畫

式亭三馬（著）初代歌川豐國（畫）共同創作的娛樂小說

《鬼兒島名譽仇討》

這部作品於一八〇八年（文化五年）發行，也就是《偐紫田舍源氏》的初編問世的二十一年之前。插畫由初代歌川豐國負責，他也是歌川派的創建始祖。書中賞心悅目的插畫，全都是豐國三十九歲前後的作品。

豐國出生於江戶，他在浮世繪世界始終是引領潮流的繪師。東洲齋寫樂以役者繪（歌舞伎演員的畫像）出道時，豐國才二十多歲，之後，兩人彷彿競賽似各自出版役者繪系列。豐國會美化役者的臉孔和姿勢，以符合大眾的期待，而寫樂則偏向生動寫實的錦繪，因而豐國的役者繪更受大眾喜愛。豐國是個喜歡照顧後輩的人，他門下的弟子也越來越多。像《偐紫田舍源氏》的繪師歌川國貞，還有歌川國芳，都是豐國的弟子。在這部《鬼兒島名譽仇討》裡，為了更具娛樂性，繪師採用輕鬆的筆觸精心繪製插畫，讀者也能從中領略到歌川派當時處於興盛期的勢頭。

作者式亭三馬也出生在江戶。他跟同時代的作家十返舍一九都是流行作家，後者曾經發表過《東海道中膝栗毛》，式亭三馬像要跟他競賽似的也創作了大量作品，其中包括黃表紙、合卷、洒落本、滑稽本（江戶後期流行的通俗小說，內容以觀察江戶町人的日常生活為主，再以會話的形式描寫故事人物的言行可笑之處）等。式亭三馬的代表作滑稽本《浮世風呂》於《鬼兒島名譽仇討》發行後第二年問世。

《鬼兒島名譽仇討》是中本尺寸。分前編與後編，各編都是四卷一冊（各編以五丁為一卷。四卷共二十丁，合訂為一冊）。三馬的目標是在讀本裡增加「俗」的成分，使這部作品變成萬眾都能欣賞的娛樂小說。

鬼兒島與陀陀嶽相撲決勝負圖

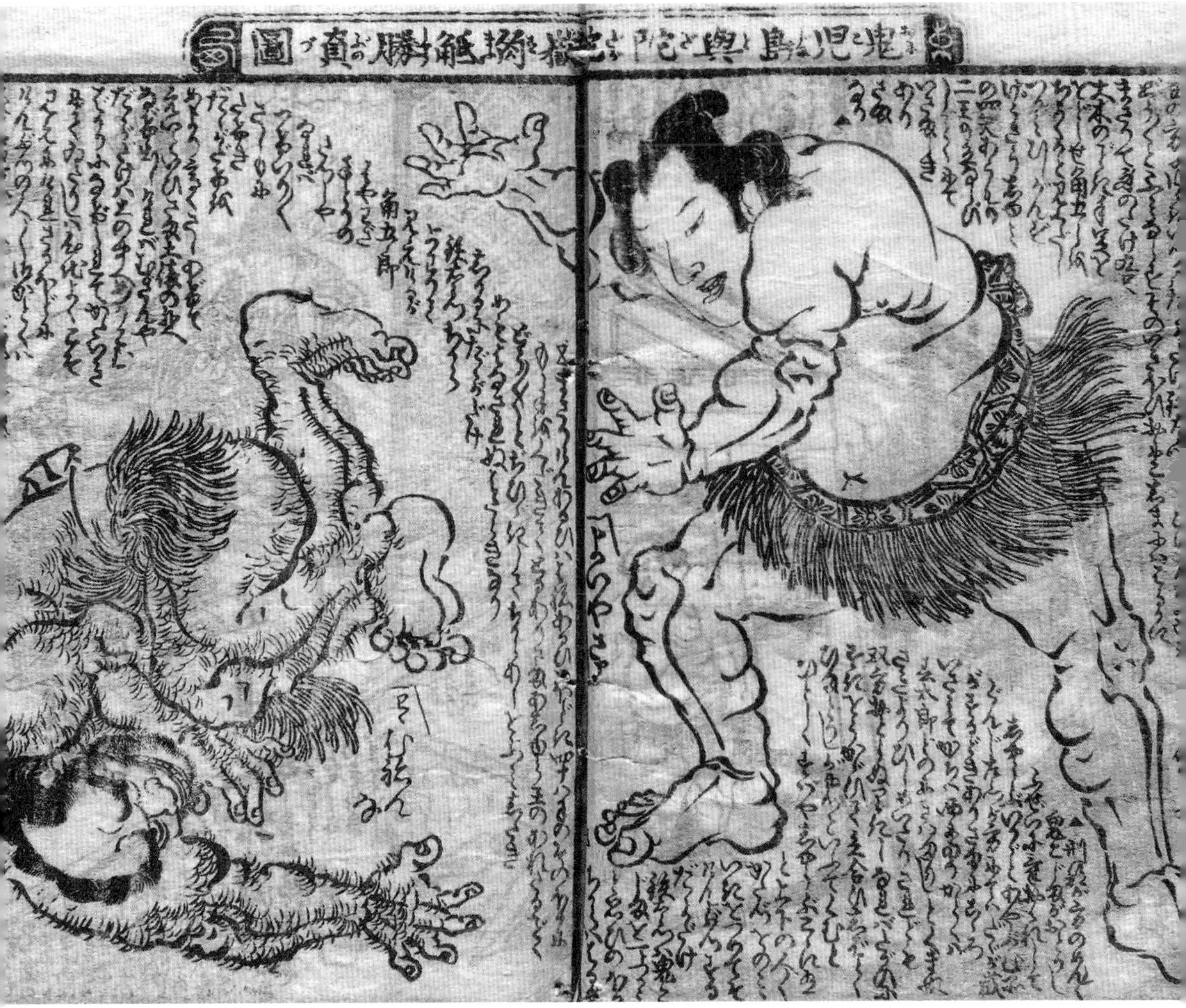

1

3

2

某大戶人家，大老婆生的兒子叫若丸(六歲)，跟小妾生的兒子春太郎(十八歲)，爭奪繼承權。全家因此分成了兩半，所以決定投票，得到多數票的人繼承家業。於是，馬上有人把玩具太鼓改裝為票箱，並叫家裡每個人都來投票(圖3)。不料票開出來，兩人竟得到相同票數。所以只好再舉辦相撲競賽來決勝負。代表花若丸的力士叫做鬼兒島角五郎。代表春太郎的力士叫做陀陀嶽鐵右衛門。比賽開始後，鬼兒島把陀陀嶽高高舉起，一把就扔到土俵外(前頁圖1)。花若丸因此被指定為繼承家業的家長。然而，負責守護春太郎的家老蛭卷郡司左衛門(圖4)心有不甘，所以暗中籌劃破壞行動……。圖2是跟故事情節有關的天狗。

4

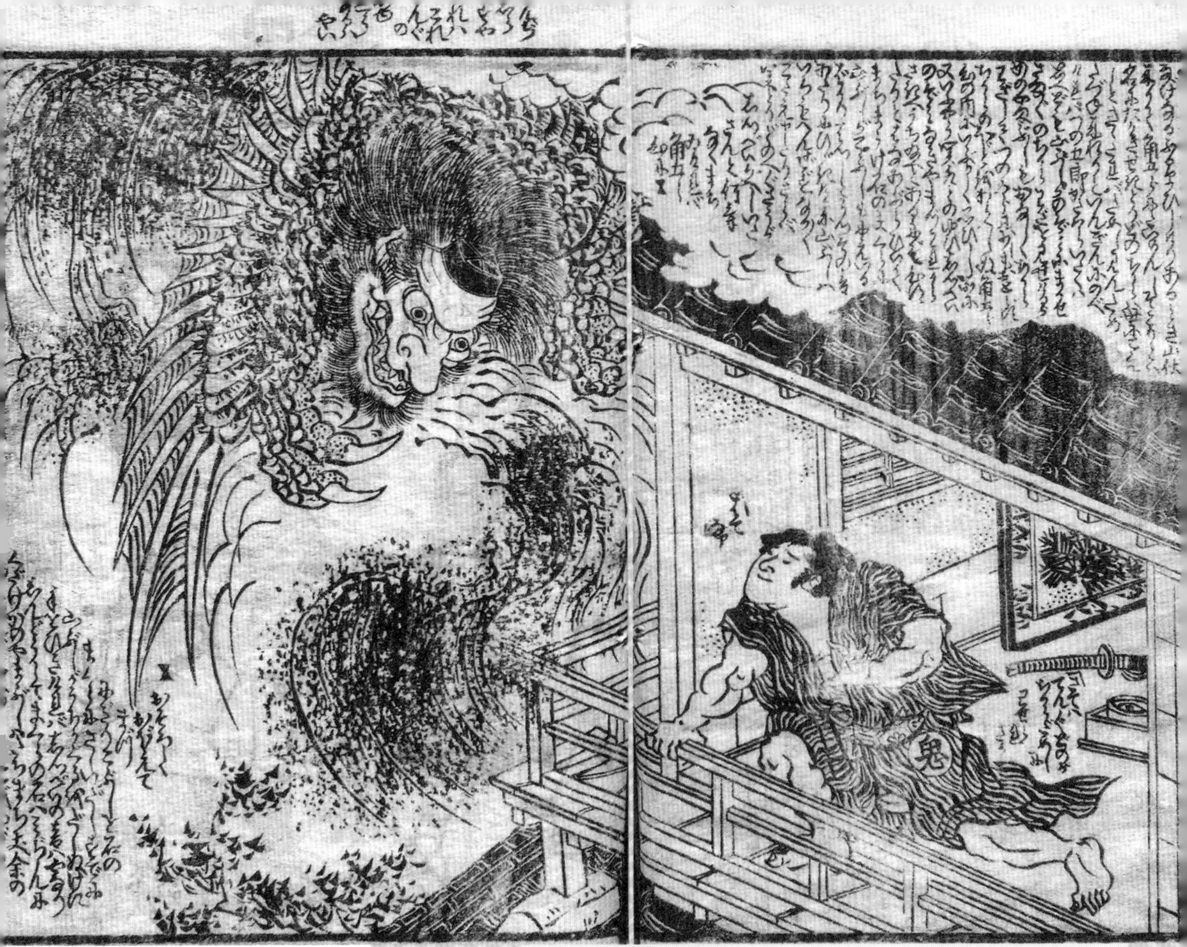

法事中場休息時，蛭卷郡司左衛門趁機舉刀砍向護衛花若丸的家老花形刑部，刑部當場一命嗚呼。刑部的獨生子信之丞，跟他的兒子虎之助決定為父親與祖父報仇。此時，獲勝的鬼兒島正在旅店開心地慶功。突然，一名在山中修行的僧侶(其實是天狗)出現在鬼兒島面前。僧侶告訴他：「如果你不再那麼傲慢，我就會保佑你。」說完就轉身離去(圖1)。鬼兒島決定跟信之丞和家臣孝太夫一起踏上復仇之旅。郡司左衛門一直偷偷監視旅途上的信之丞等人。不久，他暗中把小判金幣交給幾名背人渡河的腳伕，請他們伺機把鬼兒島跟信之丞、孝太夫等人分開。鬼兒島一落單，立刻遭到幾名兇狠歹徒的襲擊，但是鬼兒島以寡擊眾，有人被摁倒在地，有人被拋得老遠，還有人被他踩在腳下(一一八圖2)。當晚，鬼兒島在村長家住宿時聽到有人呼喊道：「快來啊！」(一一圖3)書中天狗再度現身。另一方面，信之丞和孝太夫跟鬼兒島分開之後的遭遇如何呢？原來，他們剛剛渡河到對岸，就被郡司左衛門的同夥斬殺了。郡司左衛門還大笑著問瀨死的兩人：「怎麼樣？痛嗎？」信之丞和孝太夫受到致命一擊，離開了人世，但他們的鬼魂卻每天晚上都在榎樹之下現身(右頁圖4的左方)。令人髮指的郡司左衛門。不知所措的鬼兒島。以上就是前編四卷一冊的劇情概要。複雜曲折的故事情節將在後編繼續……。

前編．下的封面

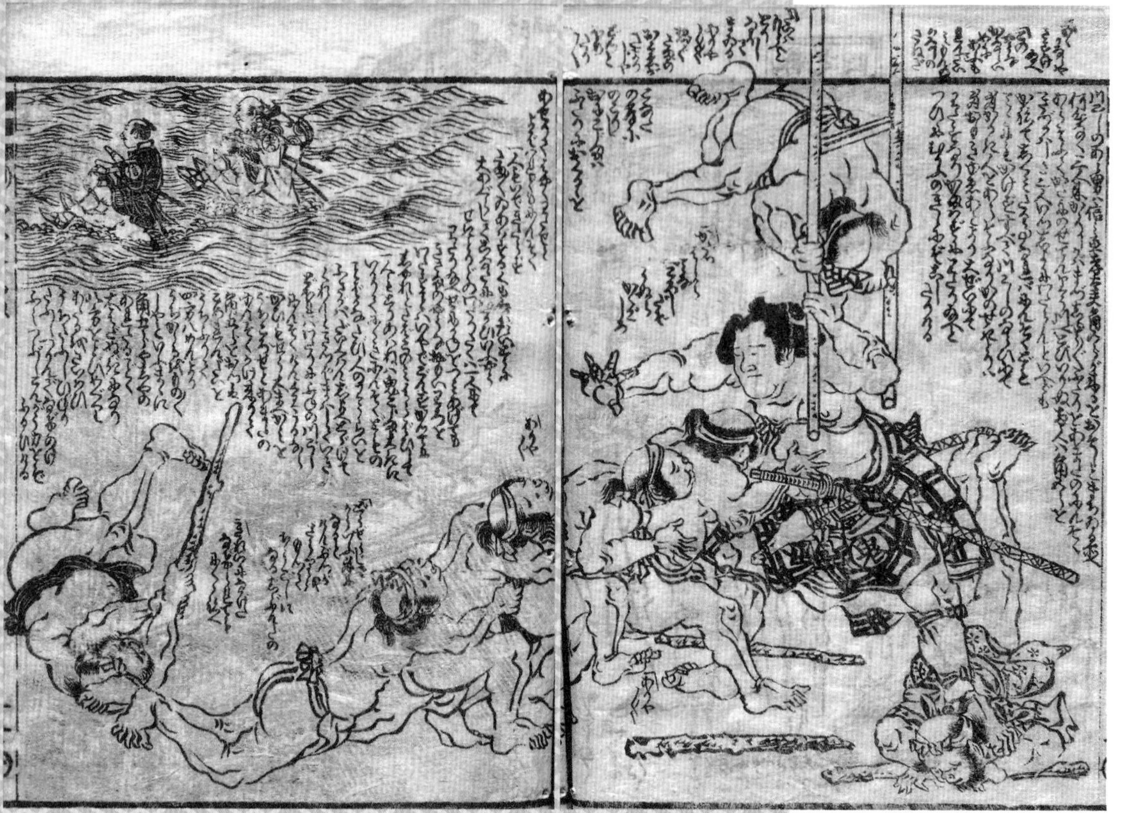

2

3

愛貓的山東京山（著）與歌川國芳（畫）共同創造風雅的母貓物語

《朧月貓草紙》

這部作品的插畫是以愛貓著稱的浮世繪師歌川國芳繪製。一般大眾都知道國芳擅畫「武者繪」（以勇猛武士為主題的人物畫），畫中的英雄人物充滿動感。事實上，國芳也擅長諷刺畫，他把自己對貓兒的鍾愛化為動力，畫過許多以貓為主題的錦繪，也為類似這部作品的其他合卷畫過貓兒插畫。國芳是我們在一一四頁介紹過的初代歌川豐國的弟子，曾為《偐紫田舍源氏》畫過插畫的歌川國貞（三代豐國）是他的師兄。

這部作品的作者山東京山是山東京傳的弟弟。京山的名聲似乎不如哥哥京傳，但他作為合卷作家的成就僅次於《偐紫田舍源氏》的作者柳亭種彥。京山在九十歲離世之前，總共創作了一百六十部作品。《朧月貓草紙》全部共七編，初編於一八四二年（天保十三年）發行，作品問世後立即吸引了無數鐵粉。七年後，最後一冊的第七編出版時，才終於迎來結局。京山出道較晚，三十九歲才開始寫作，《朧月貓草紙》出版第七編時，他已經八十一歲（國芳這時五十三歲）。由此可見，京山晚年創作意欲仍然絲毫不見衰減，幾乎跟北齋不相上下。

京山跟國芳一樣，也是愛貓人士，他不僅在作品裡描寫貓兒的生活動態，還介紹過對貓兒有效的藥品、捕鼠器，以及跟貓兒有關的歷史，讀者從字裡行間能夠感受到他對貓兒的愛。

《朧月貓草紙》的主角是鰹魚屑批發店飼養的母貓「阿駒」。當阿駒決定跟公貓「阿虎」一起殉情時，劇情發展突然加快了腳步。本章中介紹的都是擬人化貓兒插畫，事實上，原作中也有許多插畫是從人類視角看到的貓兒真實姿態。一般來說，貓兒物語所表現的悲哀氣氛很容易淪為鏡花水月，令人難以產生同感，但這部作品卻讓人與貓兩種視角並陳，形成對比，反而具有刺激人心的效果，也使故事產生了幾分現實感。讀者在閱讀時，彷彿正在觀看讓人邊哭邊笑的舞台喜劇。

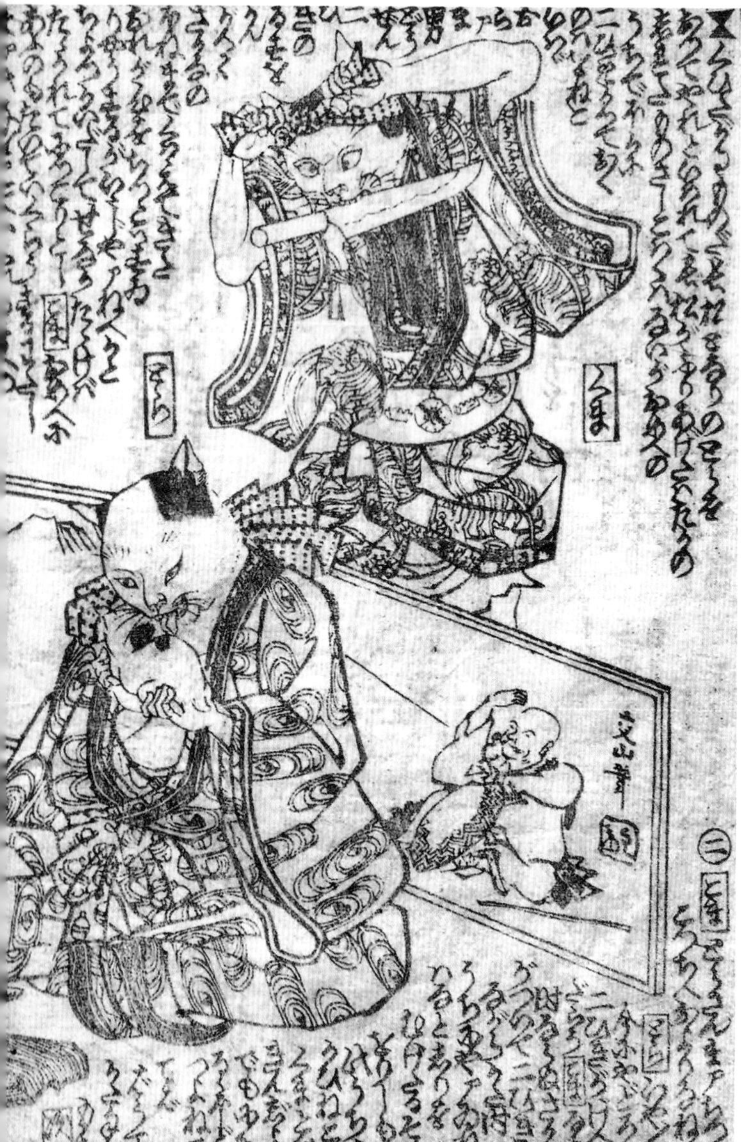

鰹魚屑批發店為了對付老鼠而養了三隻貓。唯一的母貓阿駒後來生了小貓。一晚，隔壁的公貓阿虎過來探望。阿駒說：「這孩子身上的斑點跟你好像唷。」阿虎聽著，便用舌頭親暱地舔舔小貓，好像在愛憐自己的孩子似的。不料，店裡另一隻公貓阿熊卻拿著菜刀跑出來。就在刀子正要砍中阿虎的瞬間，米店的公貓阿貴趕來阻止。一場激烈打鬥好不容易才被制止……(摘自初編上)

初編下突然把鏡頭轉向殉情舞踊劇的舞台上。演出者是阿駒和阿虎。舞台後方擔任說唱的太夫和三味弦演奏者全都是貓兒。衆貓排成一排輪流表演。正在台上追逐蝴蝶的阿駒，舞姿顯得惹人憐愛。阿虎背對觀衆正在修臉，背影籠罩著哀愁的氣氛。這種暗示兩隻貓兒今後命運發展的精心設計，只有在合卷裡才可能看到。故事繼續展開下一幕。阿駒和阿虎一起坐在屋頂上。「我們已經無家可歸了……」他們被逼得走投無路，正在商量對策。最後，決定殉情。

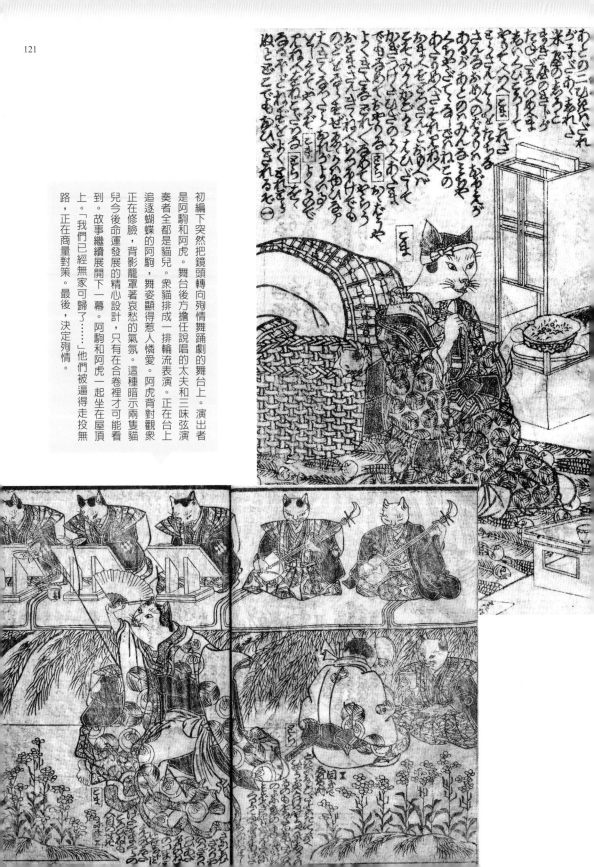

阿駒跟阿虎正要殉情，貓老大阿斑制止了他們。阿斑帶著這對戀人潛入一座豪華的宅第，讓他們暫時住在迴廊下面。然而，這戶人家飼養的狗兒卻整天跟在阿虎身後追逐，最後，阿虎失去蹤影，阿駒則被宅第裡的下女收留，變成豪宅裡的家貓，住在宅第裡的公主對阿駒十分鍾愛。一天，阿駒又在追蝴蝶（彷彿重現一二一頁的舞踊劇），抓到蝴蝶後還吞進肚裡，吃壞了肚子。阿駒把大便拉在公主膝上，立刻受到責罵，且被老女僕帶出宅第。她們走在橋上時，一隻野狗突然撲過來，阿駒嚇得掉進河裡。橋下正好有對父子用四方形的抬網捕魚（圖1），阿駒砰地掉進網裡（圖2）。這對父子便把阿駒帶回家去。後來，阿駒跟阿虎雖然奇蹟般地重逢了，但阿虎很快又被名為二九藏的店員殺害。阿駒悲嘆之餘，不禁對二九藏生出恨意，她暗中籌劃要為阿虎報仇。圖3是阿駒跟母貓阿九正在激烈爭論。阿九雖曾有過複雜的生命經歷，但她其實很善良。阿九傳授阿駒謀殺二九藏的妙方，但事情並不順利。阿駒就病倒了。一天，阿虎的鬼魂來到阿駒夢裡（圖4）。醒來之後，阿駒按照阿虎教她的方法行動，沒想到事情出現轉折，二九藏最後終於丟了性命（四編上的情節到此結束）。

1

2

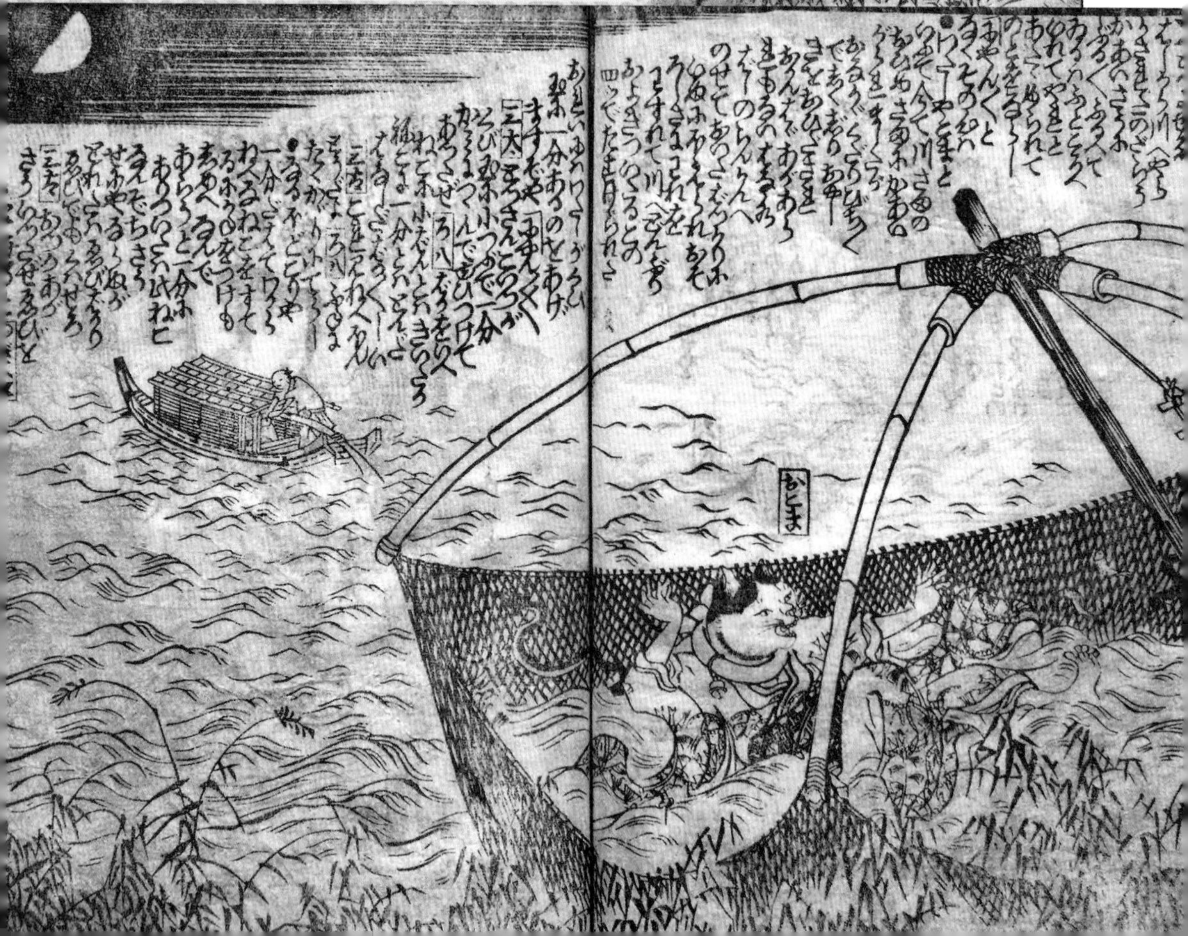

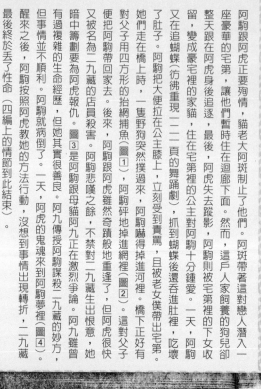

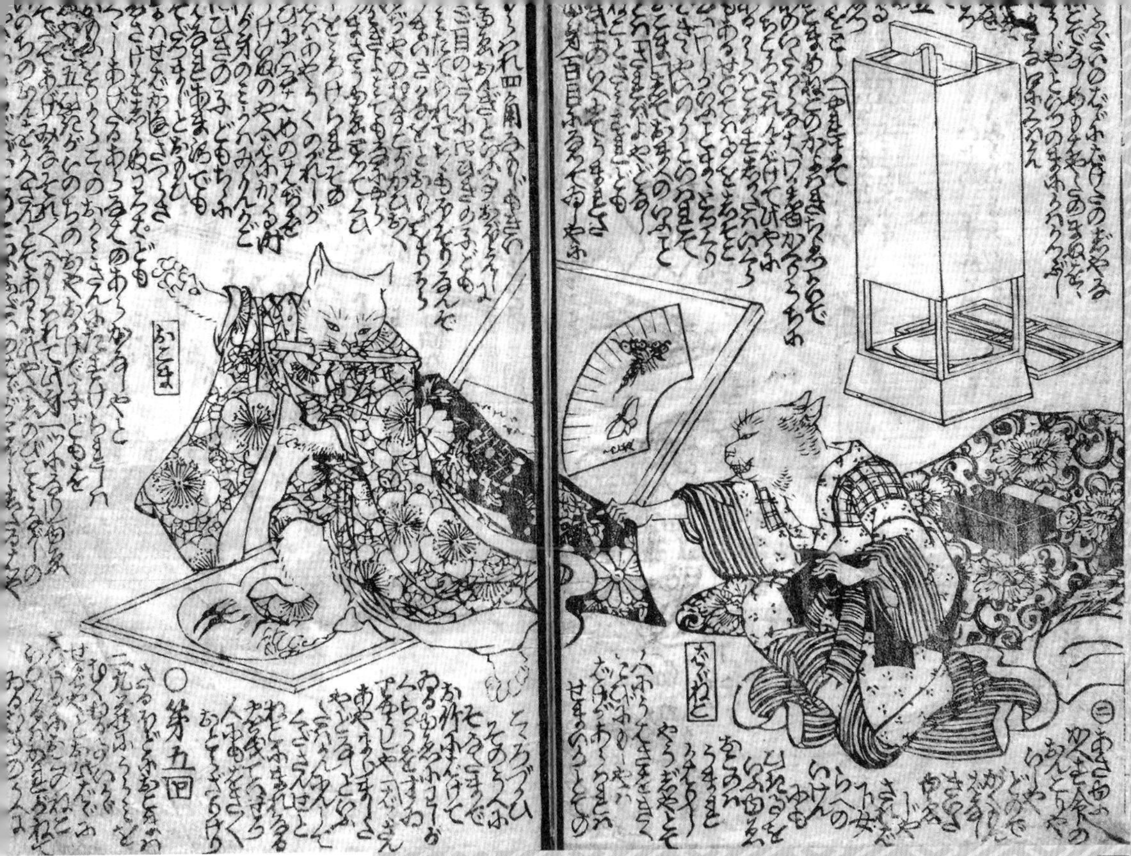

3

4

母
おとみ

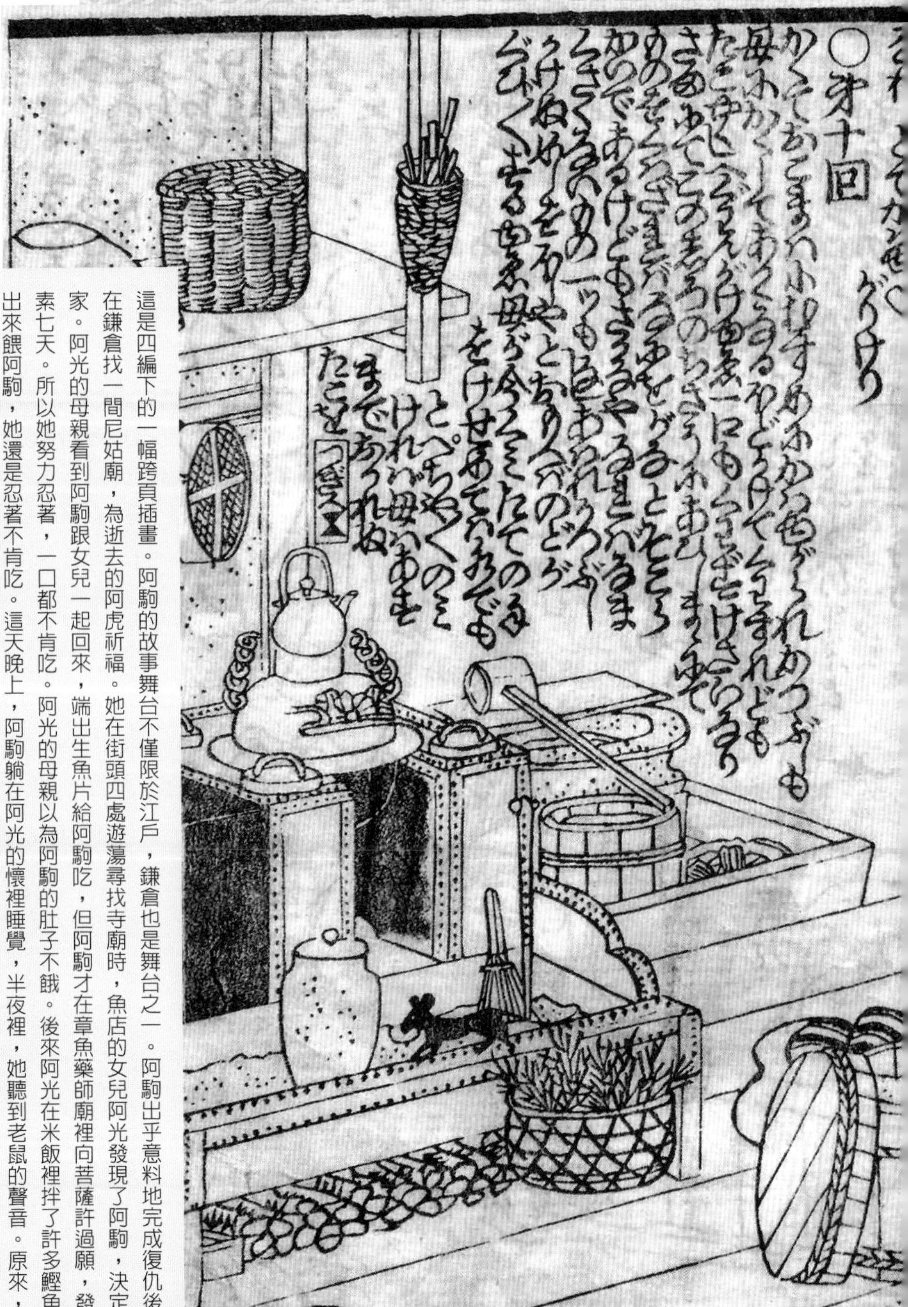

這是四編下的一幅跨頁插畫。阿駒的故事舞台不僅限於江戶，鎌倉也是舞台之一。阿駒出乎意料地完成復仇後，決定在鎌倉找一間尼姑廟，為逝去的阿虎祈福。她在街頭四處遊蕩尋找寺廟時，魚店的女兒阿光發現了阿駒，決定帶她回家。阿光的母親看到阿駒跟女兒一起回來，端出生魚片給阿駒吃，但阿駒才在章魚藥師廟裡向菩薩許過願，發誓要吃素七天。所以她努力忍著，一口都不肯吃。阿光的母親以為阿駒的肚子不餓。後來阿光在米飯裡拌了許多鰹魚屑，端出來餵阿駒，她還是忍著不肯吃。這天晚上，阿駒躺在阿光的懷裡睡覺，半夜裡，她聽到老鼠的聲音。原來，一群老鼠在廚房把那碗拌了鰹魚屑的米飯吃得一乾二淨。阿駒發現後，終於忍不住飢餓，把飯桶裡的米飯塞進嘴裡，大嚼大嚥起來。「妳這隻賊貓！」阿光的母親看到，忍不住火冒三丈，立刻抓起吹火筒揮打，同時還對阿駒拳打腳踢。這張插畫裡的阿駒正雙手合十向阿光的母親求饒，幾隻老鼠則在一旁走來走去。浮世繪大師歌川國芳連廚房用具都畫得非常仔細，從這張插畫還能看出當時一般庶民的生活情形。後來，可憐的阿駒終於如願被尼姑廟收養。而那位曾被阿駒在膝上拉屎的公主，又跟阿駒重逢了……

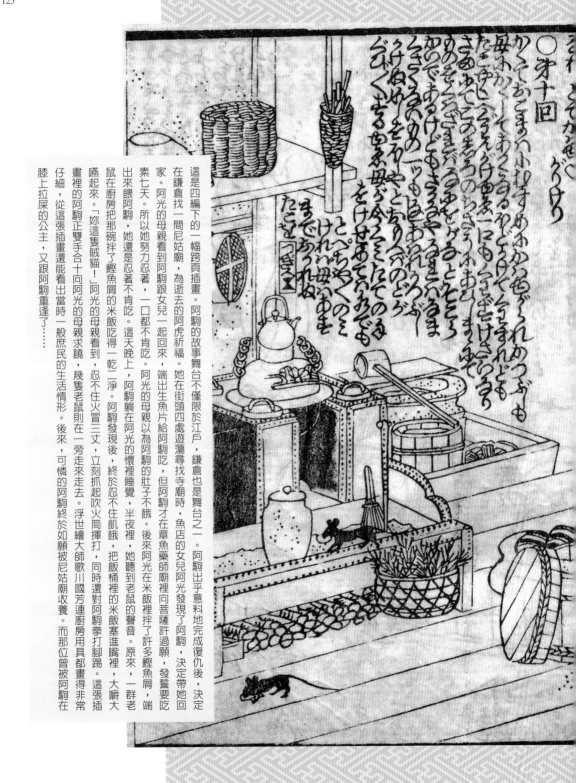

第五章 江戶時代的插畫小說變遷史

滿載內容深奧的知性故事，格調高雅的短篇小說集，讀本的起源

《金金先生榮花夢》
《文武二道萬石通》《鸚鵡返文武二道》
《心學早染草》《御誂染長壽小紋》
《春色梅兒譽美（春色梅曆）》

假名草子《二人比丘尼》

作者為鈴木正三。內容講述一名丈夫戰死的妻子，遇到一位美麗寡婦的故事。這部作品是假名草子宣揚佛教的代表作。初版於一六三二年（寬永九年），後來不斷再版，直到一六六三年（寬文三年）為止。

江戶時代的插畫小說分好幾種類型。

其中的草雙紙必須特別說明。這種插畫小說後來雖然一直維持原有的特殊形態，但因為封面顏色和讀者群不斷變化，結果演變出五種名稱。如果把這五種草雙紙混在一起解說，讀者肯定會非常困惑，所以我在這裡把將插畫小說變遷史分為一與二兩大類，分別向讀者解說。一表示草雙紙以外的插畫小說變遷史：「從假名草子到人情本」；二表示草雙紙的變遷史：「從赤本發展出來的草雙紙」。

※（）內記入的項目依序為：作者、發行年份（西曆）、刊載於本書的頁數。

一、從假名草子到人情本

首先介紹御伽草子。創作時間可追溯到江戶時代之前，主要是在室町時代，有人書寫了許多文字簡易的短篇故事。後來到江戶享保年間（一七一六年—一七三六年），大坂的出版社看中這些作品，

從中挑選了《懶太郎》、《一寸法師》、《酒吞童子》、《貓之草紙》等二十三部代表作集結為《御伽文庫》出版，廣受讀者喜愛。之後出版的類似作品，便被稱為「御伽草子」。一直流傳到現在的御伽草子，大約共有五百部。

之後，另一種類似御伽草子的插畫小說出現在，稱為「假名草子」。從慶長年間（一五九六—一六一五）到天和年間（一六八一—一六八四），隨著木版印刷技術不斷進步，假名草子以京都為中心，陸續出版了八十年。木版印刷的假名草子的文字不但有知識分子專用的漢文，也有易於閱讀的平假名（初期也有古代活字版）。一般庶民都能讀到這種附帶插畫的讀物，享受閱讀的樂趣，所以在江戶初期非常流行。

不過，假名草子，並不只是娛樂，其中也有許多作品是以啟蒙、教育為目的。也因為內容極為多樣，所以我們或許該把假名草子歸為「小說類」吧。舉例來說，《恨之介》（一六一二年左右出版）是戀愛故事；《伊曾保物語》（一六一五—一六五九年左右出版）是伊索寓言的譯本；還有勸善懲惡的《二人比丘尼》（作者鈴木正三．一六三三年左右），散文式小說《可笑記》（作者如儡子．一六四二年），以及名勝指南《東海道名所記》（作者淺井了意．一六五九—一六六一）等，內容可說是多采多姿。

作家淺井了意是江戶前期的僧侶，也是一位作家，以作品眾多而著稱，當中有很多名著。譬如像怪異奇談集《御伽婢子》（一六六六年），還有鮮明記錄明曆大火受災實況的《武藏鐙》（一六六一年）。明曆大火發生在一六五七年，當時江戶城裡的大半建築物全都毀於一旦。

繼假名草子之後開始流行的，是浮世草子。一六八二年（天和二年），大坂作家井原西鶴出版了《好色一代男》。前所未有的寫實描寫立刻吸引了大批讀者，浮世草子因而成為大眾趨之若鶩的新型娛樂小說，並開始大量出版。帶動風潮的西鶴在去世前的十多年當中，曾經創造為數眾多的傑作。浮世草子成為發源於大坂．京都的町人文學，廣受喜愛。元祿年間（一六八八—一七〇四）可說是浮世草子的全盛期，並持續將近百年。

西鶴去世之後，文壇出現了許許多多浮世草子作品，統稱為「八文字屋本」。然而，時代不斷進步，浮世草子卻跟不上變化，所以很快就被讀本等新興文學取代，發行數量也逐漸減少，最後終於消失了蹤影。

八文字屋本之後受到矚目的插畫小說，就是讀本。前期讀本的起源是《英草紙》（作者都賀庭鐘．一七四九年．六十四頁—），這部小說受到中國白話小說的影響極深。

庭鐘是大坂的漢學者，也是醫生。他的讀本後來啟發了浮世草子作家上田秋成，因而發表了前期讀本的代表作《雨月物語》（一七七六年・七十三頁—）。兩位作家的作品都在大坂出版，而且評價極高，兩人也因此獲得名聲。前期讀本在上方發展成熟後，隨著文藝活動重心逐漸東移的傾向，這類高格調的小說型態開始在江戶流行起來，不久，插畫小說便跨入娛樂性較強的後期讀本時代。

引燃江戶讀本熱潮的作品是《忠臣水滸傳》（作者山東京傳・一七九九—一八〇一・八十三頁—），可說是極具紀念價值的第一部後期讀本。這時，跟京傳同時代的曲亭馬琴迅速崛起。他不只緊追京傳，更把全副精神集中在讀本創作。馬琴後來發表了一連串佳作，讀者對他的評價遠遠超過了京傳。《南總里見八犬傳》（一八一四—一八四二年・四十六頁—）發行之後，馬琴獲得難以撼動的人氣。這部以勸善懲惡與因果報應為兩大中心的名著詳細描述八犬士的壯麗物語。從開始發行到故事完結，總共耗費了二十八年。在這段歲月裡，翹首期待續集問世的忠實讀者不斷增加。

後期讀本的插畫繪師當中，以獨具繪畫天分的北齋最為突出，他的畫作充分展示了精湛的繪畫技巧。（本書共介紹了四部作品）

此外，江戶時代還發展出另外兩種類型的小說：洒落本和滑稽本。可惜本書無法詳細介紹。「洒落本」是以吉原或岡場所（私娼區）等地青樓為舞台的小說。內容主要是妓女與嫖客之

浮世草子《好色一代男》

男主角世之介從七歲開始的愛情故事。每一章記錄了一年之中發生的事情，一直寫到主角六十歲為止。全部共八冊。這是井原西鶴創作的第一部小說，也是浮世草子的起源。一六八二年（天和二年）於大坂出版。據說插畫也是由西鶴親自繪製。兩年後，這部作品在江戶版出版時，由浮世繪師菱川師宣根據西鶴的原圖重畫一遍。下圖是大坂版的插畫。

間的會話。小說主角大多是熟悉青樓審美觀的「個中老手」，有時也有冒充老手的假貨或一竅不通的鄉巴佬登場。作者以寫實的手法描寫嫖客的滑稽模樣博得讀者一笑。

洒落本不僅介紹青樓的實況，還教導嫖客在青樓如何玩樂，因此也具備青樓指南的功能。這類讀物一直被視為暢銷通俗小說，而受到大眾的歡迎。一七三〇年代（享保年間即將結束的時期）開始，洒落本的佳作陸續問世，甚至還出現了像《傾城買四十八手》（作者山東京傳・一七九〇年）之類的傑出作品。但後來因為幕府實行寬政改革，洒落本受到鎮壓，有一段時期曾經陷入低潮。洒落本以文字為主體，書中的插畫數量較少。

至於滑稽本，大致分為前期與後期。前期以《根南志具佐》（作者平賀源內・一七六三年）之類的談義本（江戶時代的一種諷刺小說。內容多以通俗的勸善懲惡故事為主，特徵是具有滑稽性）為代表；後期則以《東海道中膝栗毛》（作者十返舍一九・一八〇二－一八二二）、《浮世風呂》（作者式亭三馬・一八〇九－一八一三）為代表。滑稽本也是插畫小說，有些插畫不但韻味十足，也賞心悅目。

另外，江戶末期還開始流行「人情本」，以當時十分暢銷的《春色梅兒譽美》（作者為永春水・一八三二－一八三三・一五二頁－）為代表。這類小說運用洒落本和滑稽本的寫實技法，創造出以人情為重的複雜愛情故事，因此獲得許多女性讀者的喜愛。

人情本以日常生活為描寫對象，故事裡的各種角色因立場不同而思想各異，人情本的作者則試圖深入故事人物的內心進行剖析。這種書寫方式後來對於明治時代的文學也產生了影響。

二、從赤本發展出來的草雙紙

草雙紙誕生於江戶時代，前後約有兩百年的歷史，發展順序大致如下：赤本－黑本・青本－黃表紙－合卷。這些讀物雖然有相同的特殊形態，卻被分別冠上五種名稱。這五種讀物之間究竟有何不同？儘管草雙紙廣為人知，但真正了解草雙紙的人其實並不多吧。

說起草雙紙的共通點，只要觀察下頁書頁附圖，應該很容易了解。所有草雙紙都附有整頁插畫（大多數都是跨頁插畫），而且樣式非常特殊，文字則會置於插畫裡的空白處。

最早的赤本是紅色封面的兒童繪本，當時是作為新年禮物而出版。延寶年間（一六七三—一六八一）在市面上流通的赤本有兩種，一是尺寸較小的赤小本，另一則是中本尺寸的赤本，兩種都採用一冊五丁（十頁）的固定型態。內容大多是根據御伽草子改寫的故事、民間傳說、童話，有時也出版淨琉璃或歌舞伎改編的演劇故事。

赤本之後出現的黑本，是黑色封面的草雙紙，主要是英雄傳說之類的軍記物語（以武士為主題的小說）或復仇故事。讀者以青少年為對象，年紀比赤本的讀者年長。黑本曾在延享至明和年間（一七四四—一七七二）非常流行。

青本是一種萌黃色（黃綠色）封面的草雙紙，大約跟黑本同一時期在市面流通。內容也跟黑本沒什麼分別，有些作品甚至同時出版相同內容的黑本與青本。黑本與青本的故事結構比赤本更複雜一些。

最早的黃表紙作品是《金金先生榮花夢》（作者／繪圖・戀川春町・一七五五年），這是寫給成人讀者的作品（第八頁、一三二—一三三頁有解說）。

黃表紙後來逐漸朝向長篇化發展，還把數冊合訂為一冊出版，後來才有合卷開始流行（第八頁、

赤本《鉢擔姬》

《鉢擔姬》是根據室町時代的御伽草子《鉢擔》改寫為草雙紙的赤本。由江戶的出版社鱗形屋於江戶中期發行。共有上下兩冊。現存的赤本數量很少，而且就算保存至今，書頁也有缺損，狀態良好的赤本非常稀少。但這部《鉢擔姬》現在仍保持著原來的模樣，真的十分寶貴。公主頭頂上放著許多金銀珠寶，上面蓋著大缽（大碗）。公主的打扮既奇特又美麗，敘述文字則圍繞在她身體的周圍，營造出草雙紙特有的文學效果。

一〇二—一〇三頁有解說）。

今天翻開初期的赤本、黑本、青本，不免令人覺得有點像現在的兒童繪本，卻又並非完全相同。現代繪本為文字留下了空間，通常集中放在易於閱讀的位置。而赤本、黑本、青本卻是優先考慮插畫。大部分都是把文字塞進畫面的空白處。草雙紙的書頁樣式提供了讀者欣賞寬幅插畫的樂趣，而相對的，文字卻分散各處，有時甚至令讀者弄不清閱讀順序。

草雙紙發展為成人閱讀的黃表紙與合卷之後，文字的比重大增，讀者閱讀時必須不斷變換視線。有時翻開填滿文字，幾乎看不到空隙的書頁，與其說像兒童繪本，不如說更像畫面擁擠的漫畫或劇畫。不過，草雙紙的插畫沒有分格，而現代的漫畫或劇畫裡也很少看到草雙紙那樣直接寫在畫面裡的文字。所以草雙紙算是江戶時代出版的一種特別的插畫文學吧。

黃表紙或合卷的插畫草圖，通常都是擁有圖文融合能力的作者親自繪製。草雙紙既是寫給成人的讀物，文字當然最重要，也可說是作品的生命泉源。繪師收到草圖後，首先要試圖理解作者的想法，然後再設法繪出能把讀者引進作品世界的插畫。

黑本《放下僧石枕》

江戶的出版社鱗形屋孫兵衛於一七六七年（明和四年）發行的黑本。共有上中下三冊。插畫由鳥居派的浮世繪師鳥居清滿負責。在中卷的封面上，標題旁邊貼著一張畫，畫中有兩名僧侶打扮的賣藝人（叫做「放下僧」）正在表演雜技與戲法（兩人後來完成了復仇的使命）。左圖的畫面裡，老妖婆切斷吊著巨石的繩索，落下的巨石剛好壓在女孩身上。此外，故事裡還出現了巨型鯊魚和大蛇。這部作品是根據能劇《放下僧》與姥之池傳說等典故改寫而成，情節變幻曲折，波瀾萬丈。

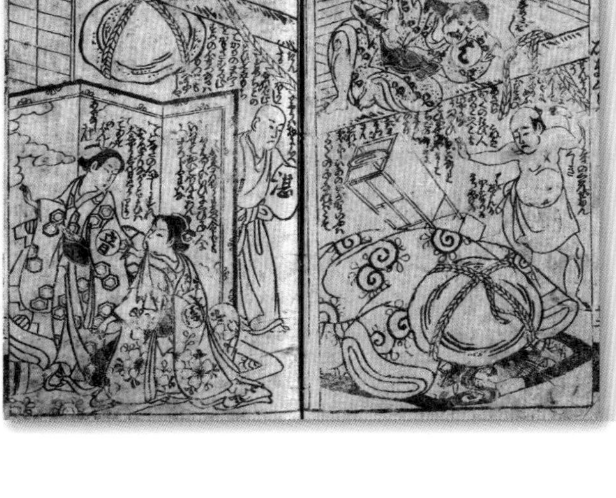

1

《金金先生榮花夢》黃表紙

黃表紙的起源，寫給成人閱讀的名著。作者是武士戀川春町金村屋金兵衛是個鄉下窮光蛋，他打算到繁華的都會去發大財，盡情享受一下人間奢華，便踏上了前往江戶的旅途。一天，金兵衛來到目黑不動尊（泰叡山瀧泉寺），為了祈求好運，就走進寺門參拜。拜完他又走進一家小米年糕店想要休息片刻（圖1）。店員把他領進最裡面的客室，金兵衛一面等待年糕送上來，一面打起了瞌睡。朦朧中，他看到一行人抬著高級籠轎來到自己面前（下頁圖2）。那些人齊聲請求金兵衛當他們的富家小老闆。於是金兵衛便坐上籠轎，隨著那些人一起離開了年糕店。畫面裡，金兵衛的夢境被畫在類似漫畫的對話氣泡裡面。這種手法在其他的插畫小說裡也曾出現（請參照六十四頁、六十五頁），不僅如此，錦繪裡也可看到這種畫法。

這部作品分上卷與下卷，共兩冊。一七七五年（永安四年）發行。每冊只有五丁（十頁），上下兩冊總共只有二十頁，但是內容非常充實，並能發人深省。書中第一頁（一丁的正面）的文字，是草雙紙向來不曾出現過的以成人為對象的序文。翻到下一頁，立刻可以看到圖1的跨頁插畫，男主角金村屋金兵衛美夢展開序幕，先是變成暴發戶，享盡奢靡之後，又變回窮光蛋。

草雙紙的赤本、黑本、青本都是以孩童為目標讀者。這部《金金先生榮花夢》雖然看起來跟青本沒什麼分別，但是格調高雅的故事情節卻符合成人口味，就連當時的知識分子都覺得這是一部具有閱讀價值的著作，草雙紙的形象也因而煥然一新。另一方面，由於出版後獲得好評，所以之後大約三十年之間，模仿這部作品的成人草雙紙大量問世。在

2

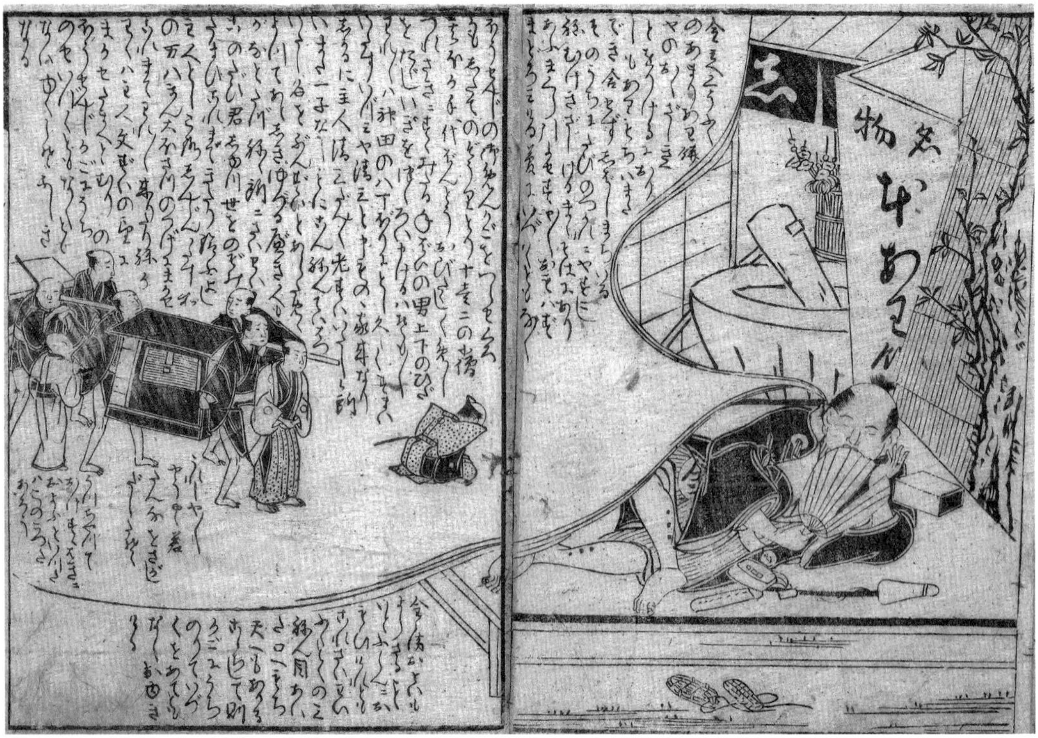

文學史上，這種類型的草雙紙被稱為「黃表紙」。而這部作品因為是第一部黃表紙，所以成為留名後世的紀念性著作。負責的出版社是專門批發江戶當地出版物的鱗形屋孫兵衛，《金金先生榮花夢》出版後，其他的黃表紙作品也在江戶陸續發行。所以黃表紙的特徵之一，就是「誕生在江戶的草雙紙」。

然而，誰也沒有想到，原本因為知性的滑稽與諷刺而獲得好評的黃表紙，後來卻遭到時代巨浪的翻弄。由於幕府出手掌控出版業，黃表紙也逐漸失去諷刺的色彩；另一方面，因為黃表紙把讀本當作競爭對象，所以篇幅越來越長，最後甚至變更了製作型態，演變為數冊合訂為一冊出版的「合卷」（本書的第四章裡介紹了三部作品）。

《金金先生榮花夢》的作者是戀川春町，書中那些精巧細膩，品味絕佳的插畫都是他親筆繪製。春町是駿河小島藩的武士，曾跟隨浮世繪師鳥山石燕學畫，最初為洒落本畫過插畫。他不僅能畫，還具有文采，平時吟詠狂歌時使用的筆名叫做「酒上不埒」（喝酒不講道理之意）。《金金先生榮花夢》暢銷後，春町也變成流行作家，一生總共留下三十部左右著作。但春町後來卻因黃表紙作品《鸚鵡返文武二道》而招來筆禍。就在獲罪的同一年，四十六歲的春町離開了人世。關於他去世的經過，我將在後面介紹《鸚鵡返文武二道》時，再向各位詳細說明。

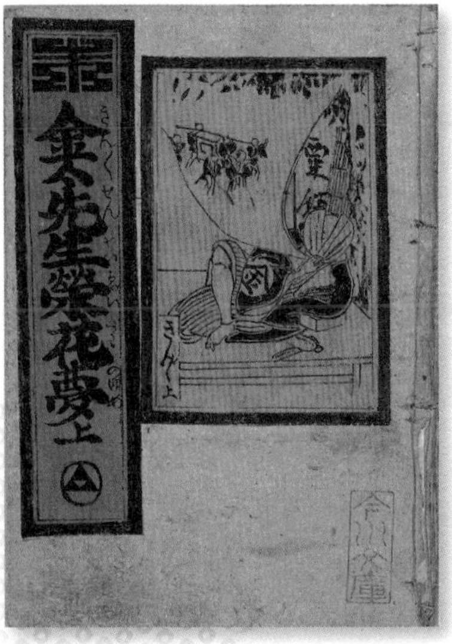
上卷的封面

下卷的封面

金兵衛被一行人抬進一座大豪宅，主人是一名老翁。金兵衛從老人手裡收到許多金銀珠寶，當上了這個大戶人家的繼承人。趾高氣揚的金兵衛全身佩戴著高級飾物，從早到晚沉溺在酒宴裡。不僅如此，他還學會了吉原青樓的那一套，開始追捧一名叫做「佳圭乃」的頭牌妓女。除夕的晚上，金兵衛從木盒裡抓起大把金幣、銀幣撒給青樓的僕役。畫面裡，右上的女子就是佳圭乃。但是她的表情完全看不出她對金兵衛有愛。

金兵衛在吉原玩厭了，便轉向比較不講究排場的深川岡場所(私娼聚集地)去嫖妓。但是那些青樓的僕役和妓女只知道他很有錢，還有人開玩笑叫他「金金先生」。就連金兵衛喜歡的妓女「阿先」，也只想要他的錢(右頁的插畫)。不久，金兵衛也發覺周圍的人對待自己非常虛偽，所以他經常藉故發怒找碴，結果惹得大家都很討厭他(左頁的插畫)。金兵衛這時已經把財產揮霍得差不多了，於是轉向格調更低的品川宿場去找妓女玩樂。不料，他這副落魄的模樣卻被豪宅從前的主人看到了，老人大怒之下，立刻把金兵衛趕了出去。「喂，客人，您的年糕來了。」突然被喚醒的金兵衛已覺悟，人間的享樂不過是一場空，於是決定重新返回鄉下生活。

挖苦幕府獎勵文武政策的辛辣物語。作者是武士朋誠堂喜三二

《文武二道萬石通》黃表紙

作者朋誠堂喜三二跟創作《金金先生榮花夢》的戀川春町是好友。喜三二的洒落本《當世風俗通》發行初版是在《金金先生榮花夢》出版前兩年，書中的插畫據說出於春町之手。喜三二發表的黃表紙作品中，也有幾部的插畫是他特別拜託春町幫忙繪製的。喜三二跟春町一樣熱愛當時流行的狂歌，他還有吟誦狂歌時專用的筆名叫做「手柄岡持」（優秀飯盒之意）。

喜三二是秋田藩的武士，一七八一年（天明元年）受封為年俸一百二十石的留守江戶官員，專門負責幕府與領地之間的協調與情報交換。春町也曾擔任過領地留守江戶的官員，後來年俸也晉升到一百二十石。兩位武士的友情深厚，他們不但身分相同，同樣具備文學造詣，而且都喜歡在閒暇時寫通俗小說自娛，不僅如此，他們的許多作品都由江戶的出版社印刷發行。總之，春町與喜三二是當時十分活躍的武家作家與狂歌師。

《文武二道萬石通》分上卷、中卷、下卷，共三冊（各五丁），於一七八八年（天明八年）出版。負責發行的人，是以精明幹練著稱的出版製作人蔦屋重三郎。插畫由喜多川行麿負責。行麿是喜多川歌麿的弟子，而歌麿則是重三郎一手培植出來浮世繪的著名繪師。

圖中左側的人物是畠山重忠，他身上的衣服上印著松平定信的家紋，叫做「星梅鉢」。作品出版時，第十一代將軍家齊十四歲。右側的人物雖然畫的是年輕時的源賴朝，實指家齊。賴朝當年為了實施文武獎勵政策，命令重忠把鎌倉的武士篩選為文士與武士兩類。書名裡的「萬石通」，是篩米的道具，象徵「篩選」之意。

重忠把武士分為文士與武士，然後向賴朝報告，被歸類為武士的人數比較多。事實上，當中大部分都是難以歸類的「混混武士」，重忠決定帶這些人到箱根的七處溫泉，讓他們隨意遊玩，然後從旁觀察。這兩幅跨頁插畫就是描繪那些武士玩樂的情景。重忠趁機調查各人的興趣與嗜好，勉強把他們分為文武兩類。最後，賴朝指示重忠說：「還是讓他們各自學習文武之道吧。」而在第十一代將軍家齊的太平時代，江戶的武士一直過著無憂無慮的悠閒生活，當他們聽到定信提出的文武獎勵政策時，肯定都受到極大的震撼。這部黃表紙的內容雖沒有直接批評幕府，卻隱含挖苦之意，可算是遊走在危險邊緣的作品吧。

喜三二因為看到前一年實施的寬正改革中，松平定信提出文武獎勵政策，就想到以寫故事來嘲諷時政。內容雖是講述年輕時的源賴朝命令畠山重忠把人才分為武士與文士兩類，但是明眼人一看即知，故事裡的賴朝就是第十一代將軍家齊，重忠則暗指定信。作品出版後，立刻獲得熱烈好評，成為暢銷佳作。

但是幕府知道這本書之後，喜三二受到了嚴厲的斥責，他雖然沒有受到幕府的處罰，但是從此他再也沒有寫過黃表紙作品。

可謂是《文武二道萬石通》續集的爭議作品。作者春町因此書引來筆禍

《鸚鵡返文武二道》黃表紙

作者戀川春町。他的好友朋誠堂喜三二書寫的《文武二道萬石通》受到大眾關注，並成為爆炸性的熱銷名著，春町見此，也開始創作這部稱得上是《文武二道萬石通》續集的作品。這部黃表紙也分上中下三冊（共十五丁），一七八九年（寬政元年）正月開始發行，這一年，寬政改革正在如火如荼地進行中。

春町雖然頗有繪畫天分，但或許因為聽從蔦屋重三郎的建議，把插畫交給既有人氣又有實力的繪師北尾政美（鍬形蕙齋）負責。春町在這部作品裡百分之百發揮了諷刺才能，所以作品一上市就獲得熱烈迴響，立刻成暢銷書。但仔細分析，成功的關鍵一方面也要歸功於政美的畫技精湛，堪稱是最適任的插畫繪師；另一方面，重三郎的出版手腕也令人激賞，他不但迅速洞察時代潮流，並能採取積極攻勢。

從書名「鸚鵡返」（鸚鵡學舌之意）推測，春町取這個名字，是為了呼應《文武二道萬石通》，同時也針對松平定信於一七八六年發表的政論著作《鸚鵡言》，才寫了這部作品。儘管書中全是黃表紙特有的荒唐無稽的故事，但那些嘲諷定信的文武獎勵政策的辛辣比喻卻引得讀者開懷大笑。

故事背景是在延喜時代（九〇一－九二三年）。故事裡的醍醐天皇就是第十一代將軍家齊，而輔佐天皇的菅秀才（淨琉璃《菅原傳授手習鑑》裡原道真的嫡子），從衣服上的家紋就可看出，代表的是松平定信。

故事裡的秀才嘆息道：「太平盛世下，人才都逐漸傾向文道而疏遠武道。」所以著手進行獎勵武道的政策。首先命令源義經（一一五九－一一八九年）擔任劍術教練，鎮西八郎為朝擔任弓箭教練，小栗判官兼氏請來擔任馬術教練。三人應召來到天皇面前，義經向秀才說：「我們都是後世之人啊。」秀才面不改色地答道：「我知道。反正是草雙紙故事，沒關係啦。」說完，三位大人物這才答應授課，但是接下來，由於學生誤解教練的意思，接連犯下史無前例的錯誤，還惹出一連串令人頭痛的糾紛。

這樣的內容當然會讓讀者產生聯想，認為這部作品在露骨地嘲諷寬正改革。作品出版當年四月，定信召喚春町晉見，但春町以生病為藉口，沒有奉召前往。後來到了七月，紀才四十六歲的春町就突然病故了。直到今天，坊間仍然流傳他的死因是自殺，而當時逃過筆禍的喜三二則一直活到七十九歲。

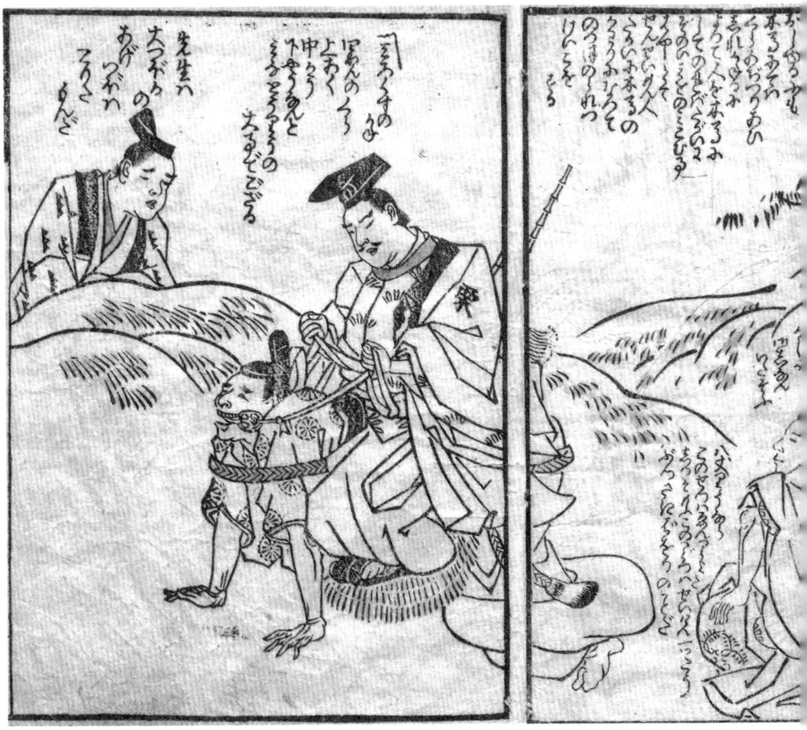
1

小栗判官兼氏是善於馴服劣馬的名人。他認為學習馬術時只騎木馬沒法掌握要訣，所以建議學生採用真人代替木馬（圖1）。這種訓練方式雖然奇特，倒也算是不錯的建議。然而，學生裡卻有人誤解了教練的意思，以為要找男娼或妓女來當馬兒練習馬術。不久，那名學生把錢花光了，只好到街上抓人，不論男女，一逕把人推倒騎上去（圖2）。書中還有一幅插畫，描繪一名跟隨源義經學習劍術的學生鬧出的笑話。「老師從前叫做牛若丸的時候曾在五条的橋上砍過千人，我也必須像老師那樣砍殺很多人，才能練好劍術。」這名學生說完後，每天晚上都舉著木刀或竹刀在路上隨便砍殺行人。這雖然是個地獄梗，但實在過於黑暗，令人笑不出來。

2

《心學早染草》黃表紙

山東京傳放棄諷刺色彩，改走規勸路線，創造了蠱惑人心的惡魂角色

表面上看，黃表紙只是一些無厘頭的滑稽笑話，但是字裡行間卻隱含著辛辣鋒利的諷刺意味，這也是真正價值所在。作者假借包裝層層外殼的黑色笑話，譏諷人類在欲望、財富面前露出的本性，或抒發自己對當政者的揶揄。這種讀物確實提供了深層的戲謔樂趣，同時也充滿了知性的嬉戲氛圍，但相對的，這種讀物也像劇毒，絕對可能激怒幕府引發危機。

戀川春町和朋誠堂喜三二都因為發表黃表紙作品，傾刻間變成暢銷的武家作家，儘管他們把

這部作品的插畫是由《鸚鵡返文武二道》的繪師北尾政美（鍬形蕙齋）負責。善魂和惡魂都以裸體的形象上場，給讀者留下深刻的印象。包括這些角色在內的插畫草圖，應該是作者兼繪師的京傳親手繪製。畫面裡的惡魂能夠任意操縱主角，似乎非常興奮，善魂看起來很無力。

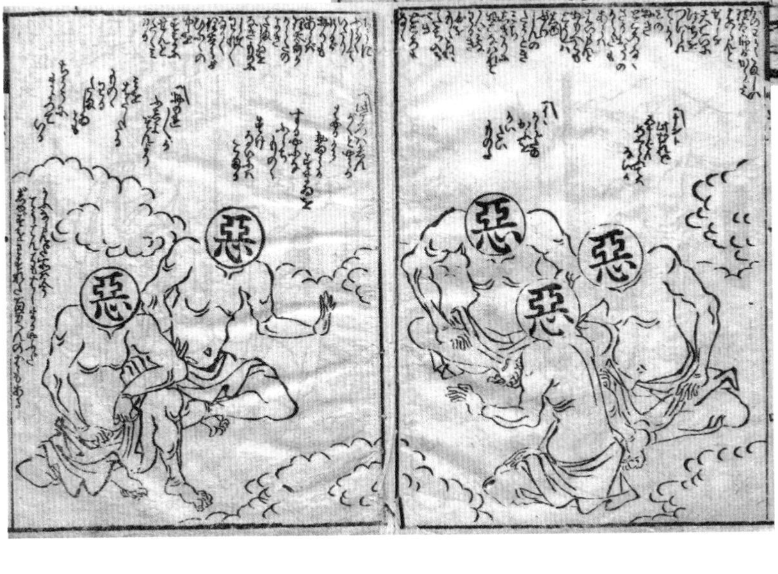

故事的時代背景、人物角色都設定在江戶時代以前，巧妙地避過幕府的檢查制度，但後來寬政改革之風突然吹起，兩位作家都遭到鎮壓，就像落葉飄落似的，他

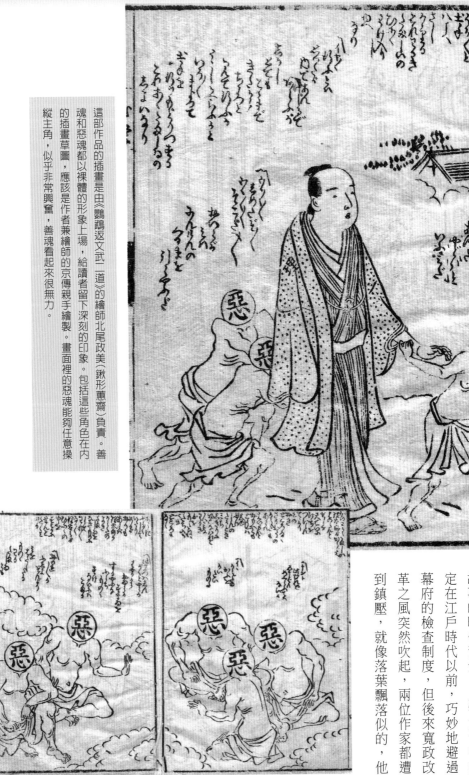

們一起從黃表紙的世界失去了蹤影。而同時代的其他武家作家，也受到了同樣的打壓，從此再也沒人敢發表以挖苦譏諷為賣點的黃表紙作品。另一方面，多層構造的故事需要深入體會，這一點，也讓庶民開始感到疲倦。所以武家作家的寫作極限這時已經逐漸顯露。

與此同時，善於觀察風向的町人作家山東京傳，也在嘗試改變黃表紙的主題方向。他毫不猶豫地拋棄了黃表紙原本十分倚重的諷刺色彩，明確標出規勸的教育路線。當然，如果內容寫得太迂腐古板，誰都不會有興趣閱讀。所以京傳把目光轉向當時流行的「心學」（倫理學），嘗試把這類主題寫成單純的娛樂性黃表紙小說。

京傳把住在人類心底的善魂（善玉）與惡魂（惡玉）變成了可愛的人物形象。小說主角是名富商，叫做理太郎，住在他心底的那些善魂和惡魂可以隨意進出他的肉體，擾亂他的心情與行為。善魂與惡魂在故事裡進行了全面對決，這種場景讓想看娛樂小說的普通讀者感到興奮。

《心學早染草》在一七九〇年（寬政二年）出版，也就是《鸚鵡返文武二道》發行的第二年。卷數跟《鸚鵡返文武二

道》一樣，也是三卷三冊，出版社是大和田安兵衛。故事的結局非常符合教育性讀物該有的形象，善魂最後獲得了勝利。不過，惡魂自始至終充滿活力，不斷四處作亂，所以更能博得讀者的好感。這部作品獲得廣大好評之後，京傳又寫了續集二編，緊接著，曲亭馬琴也寫了《四遍摺心學草紙》，並在書中創造了新的角色。另一方面，歌舞伎還根據這部作品的插畫，創造了一種舞蹈，叫做「惡玉踊」。之後，葛飾北齋出版了教導舞步與動作的讀物《踊獨稽古》，北齋還把惡魂的動作加以分解，畫成動畫人物似的圖解。

不過，京傳雖然絞盡腦汁為黃表紙找出新方向，但他自己卻在其他的文學領域受到改革風暴的打擊。就在《心學早染草》出版後第二年，蔦屋重三郎為他企劃的三部洒落本小說成為幕府嚴厲懲罰的對象，京傳本人也遭到連續五十天戴銬的刑罰。

眼前暫應付，妓女馬上來

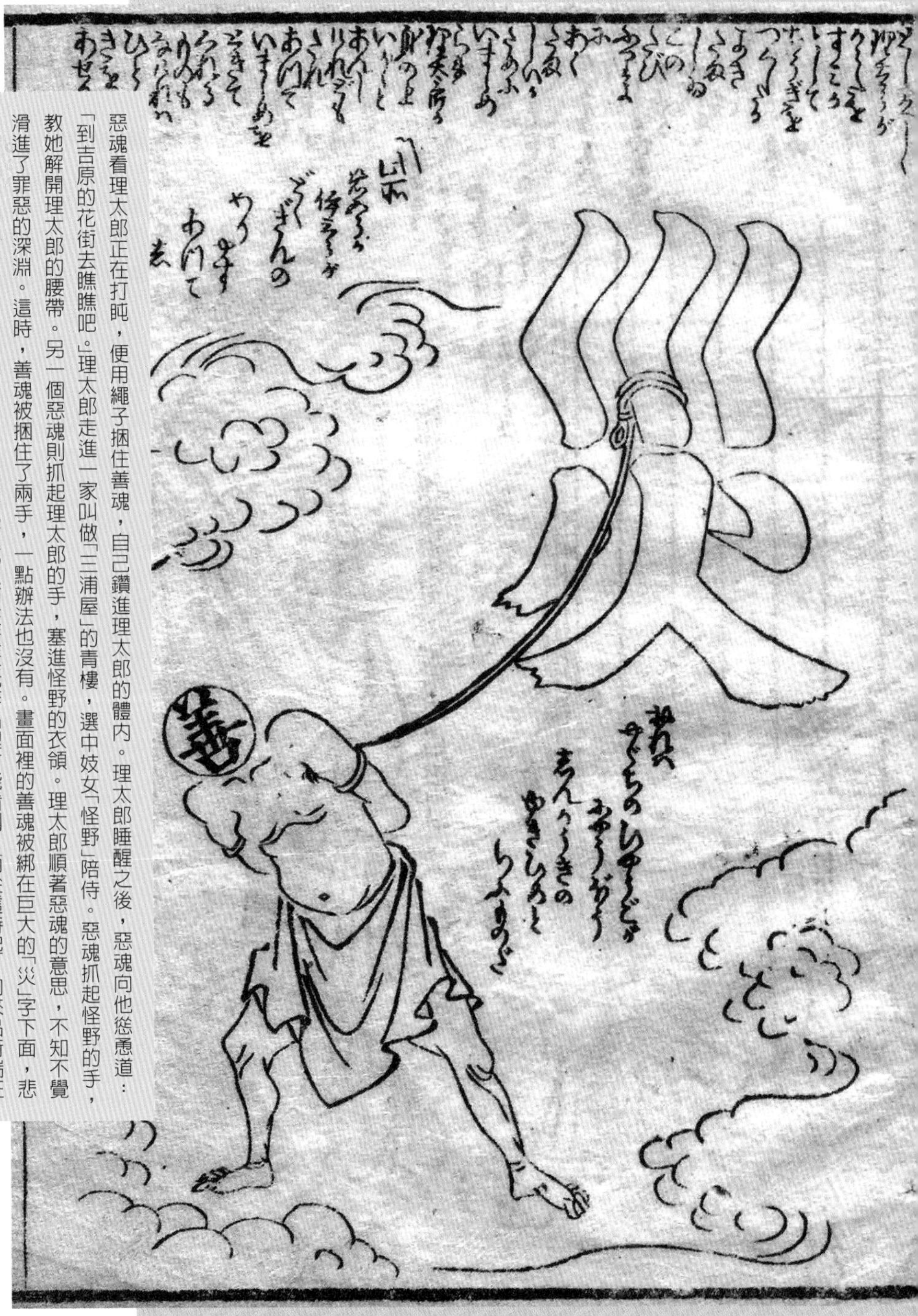

惡魂看理太郎正在打盹，便用繩子捆住善魂，自己鑽進理太郎的體內。理太郎睡醒之後，惡魂向他慫恿道：「到吉原的花街去瞧瞧吧」。理太郎走進一家叫做「三浦屋」的青樓，選中妓女「怪野」陪侍。惡魂抓起怪野的手，教她解開理太郎的腰帶。另一個惡魂則抓起理太郎的手，塞進怪野的衣領。理太郎順著惡魂的意思，不知不覺滑進了罪惡的深淵。這時，善魂被捆住了兩手，一點辦法也沒有。畫面裡的善魂被綁在巨大的「災」字下面，悲傷佇立的身影裡充滿了孤獨與鬱悶，這種表現方式只有在黃表紙作品裡才能看到。而從這時起，向來品行端正的理太郎，心中的惡魂越來越多，最後他竟開始為非作歹。所幸，理太郎後來在道理先生的協助下，變回從前的模樣，這部作品總算維持了教育意義。不過，當時的讀者似乎更同情只顧自己欲望的惡魂。後來惡魂甚至變成最受歡迎的角色呢。

《御誂染長壽小紋》黃表紙

山東京川（著）與喜多川歌麿（畫）嘗試創作「生命與長壽」小品集

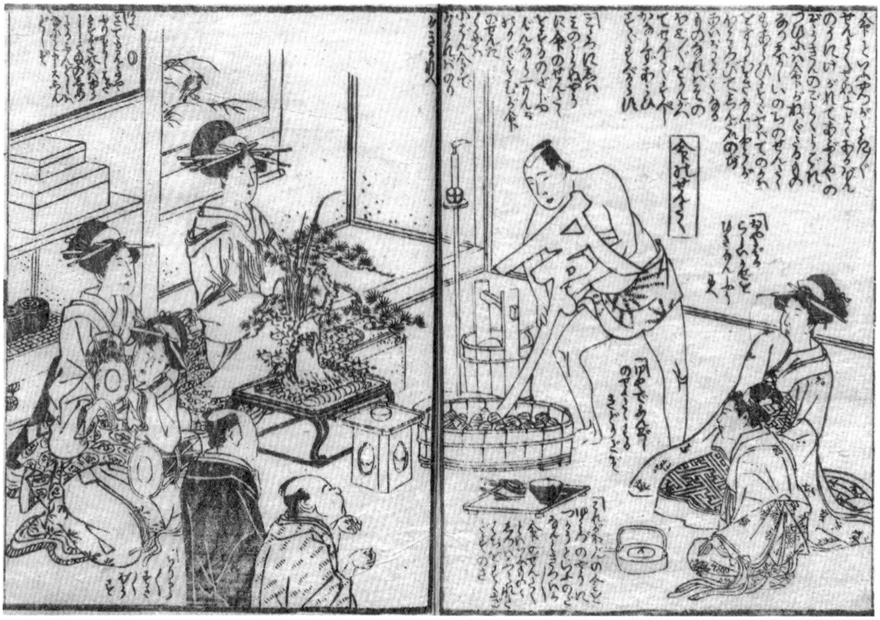

命之洗禮

書中有一幅插畫的題目叫做「命之洗禮」。圖中的裸體男人帶著他的「命根子」，到湯屋去洗丁字褲，洗著洗著，他覺得自己好像在裝滿小判金幣的盆裡進行「命之洗禮」。旁邊的說明文字寫道：「命這玩意兒，必須經常清洗，否則就被欲望的汙垢與煩惱汙染，變成像油店的抹布一樣骯髒，最後連命根都會腐爛。」畫面裡的男人似乎是在酒宴表演的藝人，席上還有許多女人陪酒。說明文字還寫著：別洗得太厲害了。隨便洗洗就行。右邊的女人笑著說：「哎唷，好蠢唷。會感冒吧。」男人則悄悄透露心聲：「這才是所謂的花錢如流水吧。（中略）其實我是想洗掉被女人甩掉的恥辱啦。」（註：用清洗比喻嫖妓）

這是一部類似小品故事集的黃表紙著作，主題是「命與長壽」，於一八〇二年（享和二年）發行。一般認為，合卷大約是在一八〇六年（文化三年）問世，所以這部應該是黃表紙末期的作品。

雖然主題比較嚴肅，內容卻輕鬆灑脫，字裡行間充滿滑稽的氣氛，所以儘管內容跟貝原益軒在一七一二年（正德二年）出版的《養生訓》一樣，蘊含豐富的教育色彩，但卻不像初期的黃表紙那樣充斥著劇毒的諷刺。全書共三卷三冊（總計十五丁）。出版商是蔦屋重三郎。

作者山東京傳因在《心學早染草》書中創造惡魂這個角色而廣獲的好評，這部《御誂染長壽小紋》是他在《心學早染草》出版十二年之後的作品。京傳是個江戶子，遭遇慘痛的筆禍之後，他變得更加小心謹慎，並且想方設法找出各種變通的方法，也隨時不忘自己身為領先時代的流行作家，依舊不斷地創作新著。

京傳不僅擁有難能可貴的文學才能，也具備超群的企劃能力，同時還具有繪畫天分，隨時嘗試各種文學類型做挑戰。京傳一生當中涉及的文學類型包括：黃表紙、滑稽本、洒落本、合卷、讀本、考證隨筆等，可說是包羅萬象。京傳的黃表紙和洒落本作品，直到今天仍受到極高的評價，可說是最能讓他發揮天分的得意類型吧。譬如在這部作品中，他把「命」這個字轉化為道具、玩物，使得作品中獨有的技巧或素材更具有吸引力。

京傳發表的黃表紙數量很多，選擇這部《御誂染長壽小紋》作為壓軸，主要理由有二：

其一，這部作品的插畫是由浮世繪巨匠喜多川歌麿負責。歌麿的出年不詳，但一般認為，他為這部作品繪製插畫是在五十歲前後。作品出版四年之後，歌麿就去世了。所以現在欣賞歌麿晚年留下的這些雕版畫，更令人感慨萬千吧。

其二，是因為本書的主題。由於當時嬰幼兒的死亡率極高，平均壽命大約只有四十歲。但也有些人能像北齋那樣活到九十歲。當時的民眾因為隨時可能受到災害與疫病的威脅，總覺得死亡近在眼前，所以會特別關心養生的知識。而對於經歷過新冠疫情的現代人來說，書中那些彷彿滑稽短劇的畫面不禁使我們更有同感。

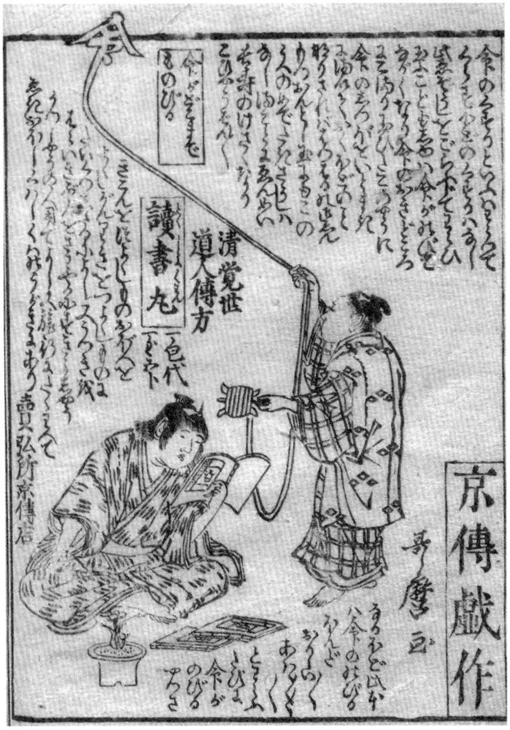

最後一頁的插畫。右邊的孩童正在放象徵生命的「命之風箏」。旁邊的文字寫道：「生命最好的補藥，就是整天笑口常開。（中略）愛笑的孩子才能活得長久（中略），生命的尾巴像風箏的尾巴一樣纏在線上。」最後，京傳還在結尾寫道：請把這份寓意吉祥的草紙當作壓歲錢送給孩子。

關於命

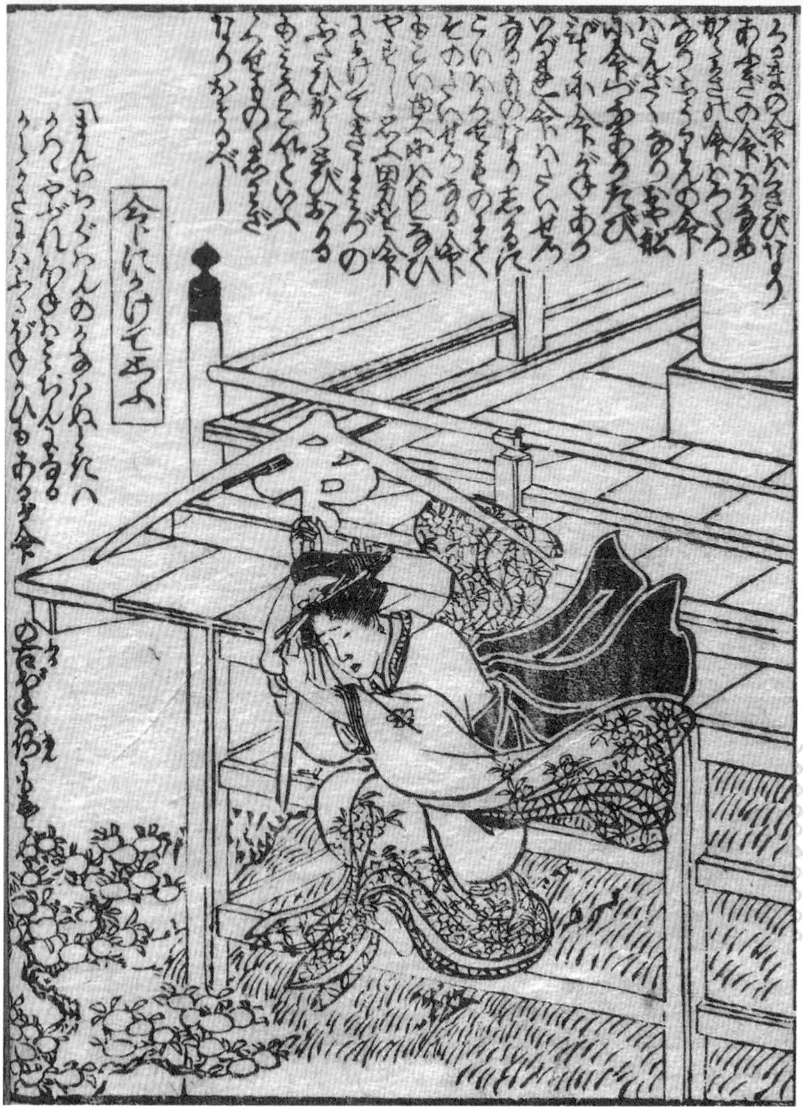

車子的命是軸楔
扇子的命是扇軸
唐傘的命是軸槽
風鈴的命是短箋
大船的命是繩索
旅人的命是盤纏
總之，命重於一切
但碰到戀情這怪物
人們連最重要的命
也會輕易拋棄
為心愛的男人捨命
從清水舞台跳下
都是戀情這怪物的陷阱
實在好可怕

萬一美夢無法成真
就會皮破血流，粉身碎骨
唐傘還有舊傘架可換
沒命的舊骨架又有何用

拾命

若是一時思慮不周
一點小事也能立即
奪妳性命
破鏡無法再照身影
落花不能重返枝頭
一旦拋棄的命
再也無法復活

我用這把撈網
幫妳把命撈回
哎呀呀好危險
到了緊要關頭
藉口皆是詭辯

物品送進當鋪
還能升息獲利
命隨水流一場空

鼻孔流下鼻水
只能把它吸回
命隨水流待網撈

山東京川（著）與喜多川歌麿（畫）嘗試創作「生命與長壽」小品集

《春色梅兒譽美（春色梅曆）》人情本

江戶後期文化年間至幕府末期的年號依序為：文化—文政—天保—弘化—嘉永。一般認為，所謂的幕府末期是從一八五三年（嘉永六年）開始，也就是美國海軍軍官佩里來航的那一年。

人情本是文政年間開始出版的一種通俗小說，天保年間達到全盛期。直到明治初期，人情本仍不斷發行，下一世代作家，像森鷗外、永井荷風等人都在青年時期讀過人情本，所以說，人情本這種通俗小說對明治時期的文學產生了極大的影響。

人情本也可說是內容通俗，以寫實手法描寫複雜戀愛情節的風俗小說，大多數人主題都是商家出身的俊男主角跟多位女子之間的戀情。作者特地把寫作重點聚焦於男女的愛情、內心的糾葛、墜入情網的過程等微妙之處，因而吸引了無數的年輕女性讀者，這類作品也跟著不斷地大量出版。

在文學分類上，人情本跟圖文分頁印行的洒落本、滑稽本、讀本屬於同類。其中又以洒落本在分類上跟人情本最為接近。洒落本的故事是以青樓裡的男女對話為主，進而引出劇情；人情本則把內容分為敘述文字與對話文字兩部分同時並進，故事舞台也不僅限於花街，而是擴展到日常場所，如此一來，作品就很容易長篇化，若成了暢銷書，就可以繼續出版續集。

人情本的始祖一般認為是十返舍一九的《清談峰初花》。品於一八一九年（文政二年）出版前編二冊。兩年後又出版了後編三冊，獲得許多女性讀者的熱愛。

鎌倉多津美的藝妓 譽禰八

住在婦多川千葉倭町的青樓熟客 藤兵衛

1

2

這部作品的插畫由浮世繪師柳川重信和柳川重山（二代柳川重信）繪製。圖1是卷之一的彩色扉頁插畫。2選自卷之三的本文。這些插畫不含任何滑稽或傳奇色彩，僅僅描繪男女之間的真實日常。重信是葛飾北齋的弟子，曾跟北齋的長女結婚，後來又離婚。《南總里見八犬傳》裡也有他的作品。本書的初編和二編於一八三二年（天保三年）發行，重信這時四十六歲，同年，他離開了人世。重山是重信的弟子，重信去世之後，重山成為第二代重信。

《春色梅兒譽美》的作者為永春水是講釋師（說書人），也是式亭三馬的弟子，他看出長篇愛情故事在當時很受歡迎，所以在一八三二年（天保三年）出版了《春色梅兒譽美》的初編和二編。接著，第二年又出版了三編和四編。這部總計四編十二冊的著作為當時的文壇吹進一股新風氣，所以立刻變成了熱銷作品。春水在的序文中自稱「東都人情本元

文章的漢字旁邊都有平假名，便於閱讀。

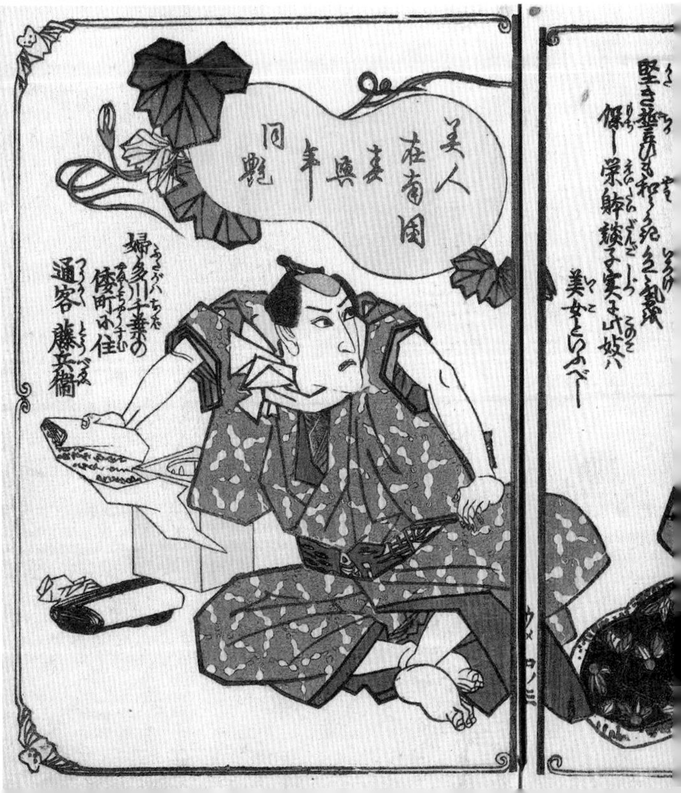

祖」，彷彿想向世人宣稱，自己是把「人情本」這個名稱普及世間的第一人。《春色梅兒譽美》後來還發展為系列作品，變成共有五部二十編六十冊的巨作之後，才總算迎來結局。

春水並不拘泥獨自創作全書，他召集弟子組成了製作團隊「為永連」，以眾人合作的方式大量出版人情本。但後來幕府推行天保改革時，春水被冠上破壞風俗的罪名，一八四二年（天保十三年）被判戴銬五十天的刑法。第二年，五十四歲的春水就懷著悲傷的心情病逝了。

唐琴屋的養子丹次郎　唐琴屋的女兒阿長

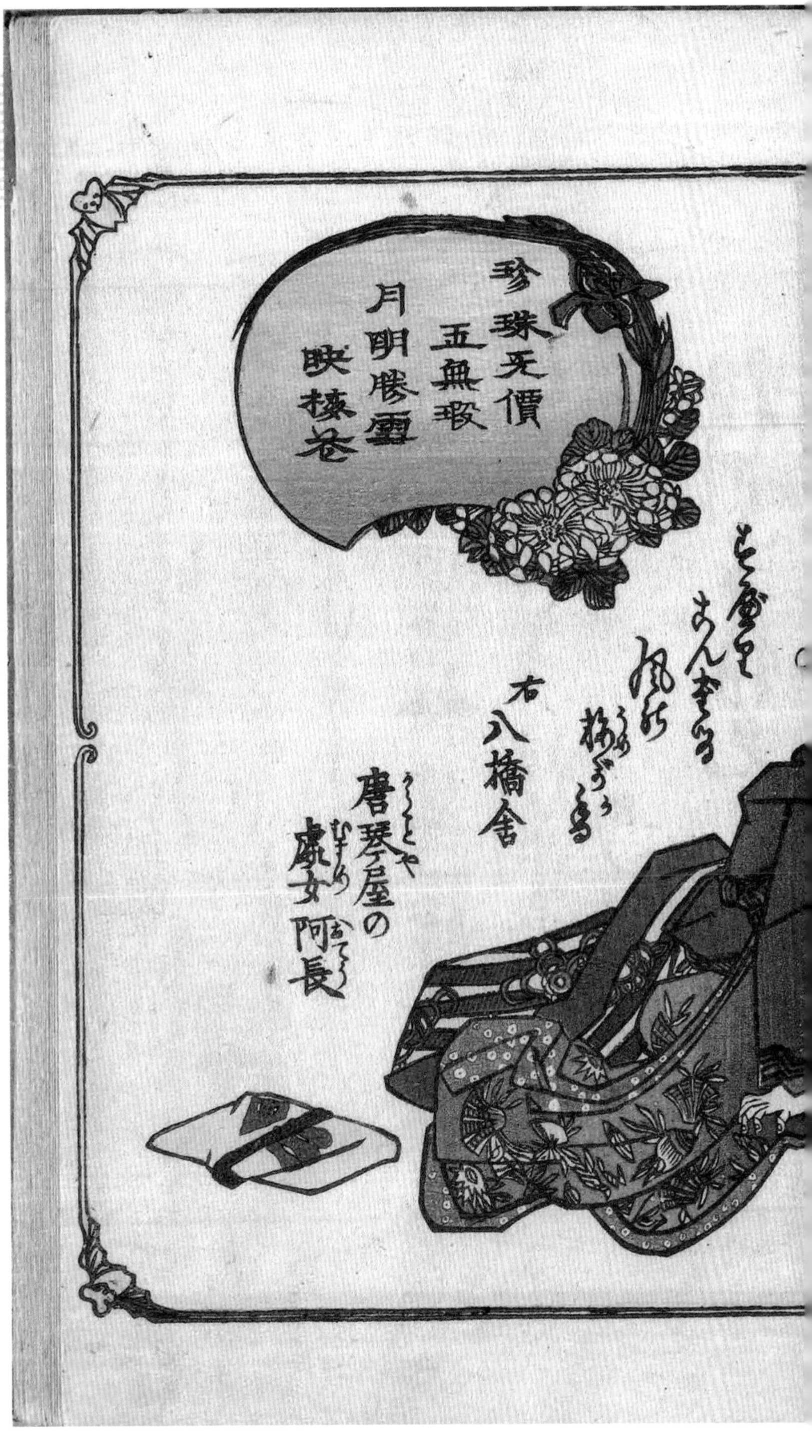

繼本書前頁介紹的卷之一的扉頁插畫之後，這是第二幅彩色扉頁插畫。畫面裡的男子就是男主角俊男丹次郎。後來因為這部作品變成大衆矚目的暢銷作，「丹次郎」也成為俊男的代名詞。同時代的《偐紫田舍源氏》裡的光氏，雖然也獲得偶像般的追捧，但是丹次郎卻以鄰家帥哥的形象吸引了大批年輕女粉絲。畫中依偎在他身邊的阿長(御長)，是丹次郎的未婚妻。阿長後來成為表演說唱的女性義太夫。藝妓米八（一五二頁的譬禰八）則是丹次郎的情婦，介入在這對情侶之間。此外，角色還有米八的藝妓閨蜜、壞蛋、妓女、青樓熟客（一五三頁的藤兵衛）、梳頭匠等。這部人際關係互相糾纏，故事情節錯綜複雜的小說就此展開序幕。

結語

江戶時代發行的娛樂小說全都附有插畫，幾乎可說是「無一例外」。書中以單色黑印刷的雕版畫，從很久以前就深深吸引了我，且把這些插畫當成江戶時代的視覺訊息來源，始終保持關注。某天，我突然靈光一閃：「為什麼不從插畫的角度來介紹那些小說呢？」這個念頭就成為出版本書的開端。

為了選出既值得閱讀也有欣賞價值的娛樂小說，我讀遍了堆積如山的大量作品。漸漸地，我的視野打開了，堆在面前的讀物被我歸納成為四類：讀本、黃表紙、合卷、人情本。本書就以這四類小說為主軸向各位進行解說；此外，我也打算介紹一下江戶時代的小說變遷史。

以上四類小說中，在本書所占篇幅最多的，是讀本的《椿說弓張月》和《南總里見八犬傳》，以及合卷的《偐紫田舍源氏》。這三部小說都是規模宏偉的長篇著作，若從頭到尾詳細解讀，將是一項艱難的任務。所以我決定從中挑出一些不錯的插畫，再節錄插畫前後的文字。以這種方式介紹，應該也會很有趣。我期待大家閱讀本書之後，親自上網細讀一下雕版印刷的原文。因為這三部著作都是圖文並茂，內容華麗的傑作，肯定不會辜負它們的盛名。

《椿說弓張月》是以源為朝為主角的貴族流浪傳說，故事舞台分散全國各地，包括：九州、京都、伊豆七島、琉球。或許大家對這部作品早有耳聞，譬如作者是性格嚴肅的曲亭馬琴啦，全書都是勸善懲惡、因果報應的故事等等。但我想奉勸大家不要被這些訊息影響，請先大喊一聲：「好！我來了！」然後跳進長篇小說的大海裡。等到您被馬琴設想周密的故事伏線深深吸引，並能細細品味葛飾北齋令人驚異的插畫時，現實中因為難讀懂而帶來的鬱悶也會一掃而空。

《偐紫田舎源氏》在天保改革中遭到禁止發行的處分，令人遺憾地成為未完的作品。但是內容波瀾萬丈的小說前後陸續出版了十四年，作者柳亭種彥把他淵博豐富的知識全都寫進書中，相信當時的讀者都讀得很過癮吧。

浮世繪巨匠歌川國貞畫筆下的俊男光氏，據說在當時極受大眾喜愛，甚至還有商人販賣跟光氏有關的各種小物商品。當時那些忠實讀者翹首期待續集的心情，應該跟現代人氣漫畫的粉絲對續集的狂熱是一樣的。《偐紫田舍源氏》雖然沒有寫完，卻發行了一百五十二冊；《椿說弓張月》包括完結篇在內，總共發行二十九冊；《南總里見八犬傳》連續發行二十八年，包括完結篇在內共有一百零六冊。只看銷售總冊數，就能推測當時作品的暢銷程度。因為通常新作發行的時候，之前已經印行的舊卷也會同時增印，而系列作品的發行總部數也就隨之增加。

江戶時代有很多租書販，大多數庶民都是向這些小販支付租金（使用費），享受閱讀小說的樂趣。租書販背著批來的小說四處遊走，一面向老顧客推銷，一面設法擴大顧客群。除了一般家庭、大商店的店員，甚至還包括青樓的妓女。所以，娛樂小說在當時算是一門生意，如果銷路好，就有很多人跟著受惠。

一部暢銷作品的誕生，背後需有出版社（日文寫「板元」或「版元」）的製作能力和商業眼光支撐。出版社把小說當成一項商品提出企劃、進行製作，然後把印好的新書送到名為「繪草紙屋」的書店出售。除了小說之外，這種繪草紙屋也販賣單張的浮世繪版畫。

不過，出版社發行新作之前需要投注成本。其中不只包括材料費，還要支付酬勞給繪師、雕師、摺師、抄寫員等。這些工作人員都是憑自己的專業技藝餬口，但小說的作者卻不能長期依靠寫作維生。所以很多作品都是武士當作副業而創作出來的。直到江戶後期，曲亭馬琴、山東京傳等人相繼發表了大量作品，流行作家的時代才終於降臨，出版社支付潤筆費（稿費）的制度也逐漸變成慣例（當時還沒有版稅合約的概念）。

總之，出版社每次出版一部新作之前，都得先投下各種基本花費，所以不可能暢銷的小說，出版社是不願意出版的。

出版社所期待的，是具有持續發展可能的經營方式。所以他們隨時都在觀察時代潮流，設法跟暢銷作家與人氣繪師簽下合約，製作收支能夠平衡的出版企劃，發行具有商業價值的小說。這種商業意識跟現今出版社的經營方針是完全一樣的。

另外值得一提的是，當時的小說都是採用雕版印刷，先由雕師在木板上雕刻圖文，然後進行刷色、印刷等工序。這塊原始的雕板叫做「板木」。板木可以轉讓給其他出版社。其他出版社收購板木之後可以隨意印刷、裝訂、出售。也就是說，擁有板木的出版社就算獲得版權。不過板木的印刷次數是有極限的，等到板木上的雕紋磨平了，板木就無法再用（不過版權並未消失）。

本書是我撰寫的雕版畫系列第二部。這次也跟上次一樣，多虧河出書房新社的藤崎寛之先生鼎力協助，才能完成此書。在此向他表達深摯謝意。

【主要参考文献】

『日本古典文学大系 椿説弓張月』上・下 後藤丹治 校注 岩波書店 1958・1962
『日本古典文学大系 上田秋成集』中村幸彦 校注 岩波書店 1959
『日本古典文学全集 黄表紙 川柳 狂歌』浜田義一郎 鈴木勝忠 水野稔 校注 小学館 1971
『日本古典文学全集 仮名草子集 浮世草子集』神保五彌 青山忠一 岸得蔵ほか 校注・訳 小学館 1971
『日本古典文学全集 洒落本 滑稽本 人情本』中野三敏 神保五彌 前田愛 校注 小学館 1971
『黄表紙解題』森銑三 中央公論社 1972
『黄表紙・洒落本の世界』水野稔 岩波書店 1976
『江戸 その芸能と文学』諏訪春雄 毎日新聞社 1976
『江戸の本屋さん 近世文化史の側面』今田洋三 日本放送出版協会 1977
『要説 日本文学史』伊藤正雄 足立巻一 社会思想社 1977
『絵本と浮世絵 江戸出版文化の考察』鈴木重三 美術出版社 1979
『図説日本の古典19 曲亭馬琴』水野稔 集英社 1980
『江戸の戯作絵本（一）』小池正胤 宇田敏彦 中山右尚 棚橋正博 編 社会思想社 1980
『江戸の戯作絵本（二）』小池正胤 宇田敏彦 中山右尚 棚橋正博 編 社会思想社 1981
『江戸の戯作絵本（三）』小池正胤 宇田敏彦 中山右尚 棚橋正博 編 社会思想社 1982

『江戸の戯作絵本（四）』小池正胤　宇田敏彦　中山右尚　棚橋正博編　社会思想社　1983
『江戸の戯作絵本 続刊（一）』小池正胤　宇田敏彦　中山右尚　棚橋正博編　社会思想社　1984
『江戸の戯作絵本 続刊（二）』小池正胤　宇田敏彦　中山右尚　棚橋正博編　社会思想社　1985
『読本の世界 江戸と上方』横山邦治編　世界思想社　1985
『鬼児島名誉仇討』式亭三馬作　歌川豊国画　林美一校訂　河出書房新社　1985
『風俗 江戸物語』岡本綺堂　河出書房新社　1986
『安西篤子の南総里見八犬伝』安西篤子　集英社　1986
『滝沢馬琴』麻生磯次　吉川弘文館　1987
『柳亭種彦』伊狩章　吉川弘文館　1989
『南総里見八犬伝』全10冊　曲亭馬琴　小池藤五郎 校訂　岩波書店　1990
『八犬伝綺想』小谷野敦　福武書店　1990
『江戸戯作』神保五彌　杉浦日向子　新潮社　1991
『新潮古典アルバム23　滝沢馬琴』徳田武　森田誠吾　新潮社　1991
『江戸の本屋』上・下　鈴木敏夫　中央公論社　1993
『日本文学の歴史9　近世篇3』ドナルド・キーン　徳岡孝夫訳　中央公論社　1995
『新日本古典文学大系　修紫田舎源氏』上・下　鈴木重三校注　岩波書店　1995
『里見八犬伝』川村二郎　岩波書店　1997
『新日本古典文学大系　草双紙集』木村八重子　宇田敏彦　小池正胤 校注　岩波書店　1997
『江戸の道楽』棚橋正博　講談社　1999
『江戸の遊び方 若旦那に学ぶ現代人の知恵』中江克己　光文社　2000
『随筆滝沢馬琴』真山青果　岩波書店　2000
『江戸戯作草紙』棚橋正博 校注・編　小学館　2000
『馬琴一家の江戸暮らし』高牧實　中央公論新社　2003
『蔦屋重三郎』松木寛　講談社　2002
『日本史リブレット48　近世の三大改革』藤田覚　山川出版社　2002
『江戸娯楽誌』興津要　講談社　2005
『江戸時代を探検する』山本博文　新潮社　2005
『千年生きる書物の世界 和本入門』橋口侯之介　平凡社　2005
『改訂 雨月物語 現代語訳付き』上田秋成　鵜月洋 訳注　KADOKAWA　2006
『続和本入門 江戸の本屋と本づくり』橋口侯之介　平凡社　2007
『南総里見八犬伝』曲亭馬琴　石川博 編　KADOKAWA　2007
『奇想の江戸挿絵』辻惟雄　集英社　2008
『草双紙の世界』木村八重子　ぺりかん社　2009
『絵草紙屋 江戸の浮世絵ショップ』鈴木俊幸　平凡社　2010
『江戸の本づくし 黄表紙で読む江戸の出版事情』鈴木俊幸　平凡社　2011
『北斎』大久保純一　岩波書店　2012
『おこまの大冒険 朧月猫の草紙』山東京山 作　歌川国芳 絵　金子信久 訳　パイインターナショナル　2013
『人情本の世界 江戸の「あだ」が紡ぐ恋愛物語』武藤元昭　笠間書院　2014
『私家本 椿説弓張月』平岩弓枝　新潮社　2017
『ユリイカ』特集江戸の文学　青土社　1978（4月号）
『國文學』〈江戸〉を読む　學燈社　1990（8月号）
『江戸文学』35　特集草双紙　ぺりかん社　2006
『ＮＨＫカルチャーラジオ　文学の世界　江戸庶民のカルチャー事情』綿抜豊昭　ＮＨＫ出版　2012
『ＮＨＫカルチャーラジオ　文学の世界　江戸に花開いた「戯作」文学』棚橋正博　ＮＨＫ出版　2013

日本再發現 023

圖說江戶娛樂：小說的世界

図説 江戸のエンタメ 小説本の世界

國家圖書館出版品預行編目 (CIP) 資料

圖說江戶娛樂：小說的世界 / 深光富士男作；章蓓蕾譯. -- 初版. -- 臺北市：健行文化出版事業有限公司出版：九歌出版社有限公司發行, 2023.05
面； 公分. -- (日本再發現；23)
譯自：図説江戸のエンタメ小説本の世界
ISBN 978-626-7207-22-2(平裝)

1.CST: 日本文學 2.CST: 小說 3.CST: 文學評論 4.CST: 江戶時代
861.57　　112004754

作　者——深光富士男
譯　者——章蓓蕾
責任編輯——莊琬華
書封設計——陳璿安｜ chenhsuanan.com
發 行 人——蔡澤蘋
出　版——健行文化出版事業有限公司
台北市 105 八德路 3 段 12 巷 57 弄 40 號
電話／ 02-25776564・傳真／ 02-25789205
郵政劃撥／ 19382439
九歌文學網 www.chiuko.com.tw
印　刷——前進彩藝股份有限公司
法律顧問——龍躍天律師 ・ 蕭雄淋律師 ・ 董安丹律師
發　行——九歌出版社有限公司
台北市 105 八德路 3 段 12 巷 57 弄 40 號
電話／ 02-25776564・傳真／ 02-25789205
初　版——2023 年 5 月
定　價——420 元
書　號——0211023
I S B N——978-626-7207-22-2
9786267207246 (PDF)

(缺頁、破損或裝訂錯誤，請寄回本公司更換)